제 3 공 간 의
인 사 동 　 추 　 억

제3공간은 1994년 3월부터 2009년 3월까지
변화하는 인사동에서 봄, 여름, 가을, 겨울을 맞으며 자리를 지켰다.

제3공간의 인사동 추억

2011년 11월 11일 초판 1쇄 인쇄
2011년 11월 18일 초판 1쇄 발행

지은이 김기안
펴낸이 정애주
펴낸곳 주식회사 홍성사
등록   1977. 8. 1. / 제 1–499호
주소   121–897 서울시 마포구 합정동 369–43
T. 02–333–5161 F. 02–333–5165
http://www.hsbooks.com
E–mail：hsbooks@hsbooks.com

©홍성사, 2011
ISBN 978–89–365–0886–9
—

제 3 공 간 의
인 사 동 추 억

김기안

—

오브제 · 글

홍성사.

인사동은 한국 전통 문화를 즐기려는 사람들이 전국에서, 또 전 세계에서
모여드는 곳이다.

그래서 어느 동네보다 특별한 사람들을 많이 만날 수 있다.

지나가는 사람들은 물론이고 상주하는 사람들도 모두 예술가의 모습이다.

거리의 정취와 사람들이 어우러져 하나의 작품이 된다.

현대적인 건물들이 들어서면서 고즈넉한 모습이 조금씩 사라지고는 있지만,

그래도 인사동 거리에는 묘한 고전의 매력이 곳곳에 숨어 있다.

그곳에서 나는 작은 가게의 창밖으로 보이는 봄, 여름, 가을, 겨울을 맞으며

마음으로 손으로 그림을 그리고 작품을 만들며 활기차게

15년의 세월을 보냈다. 내가 하고 싶은 대로 작품을 만들고

그것이 일용할 양식으로까지 이어지니 더 이상 바랄 것이 없었다.

게다가 작품을 매개로 소통하며 이어진 사람들과의 소중한 만남이

아름다운 추억의 장면으로 내게 남아 있으니

이보다 더한 축복이 어디 있겠는가.

더욱 감동적이고 즐거운 만남들이 나의 표현력의 한계로

모두 문장으로 만들어지지 못해 아쉬움으로 남는다.

그들이 보내 준 응원을 발판으로 지금의 내가 있는 것이기에

영혼을 담은 작품으로 사람들에게 기쁨을 주고자

오늘도 녹슬지 않게 손을 움직여 작업에 몰두한다.

나의 애씀이 어느 한 사람에게라도 영향을 미칠 수 있기를 바라면서…….

2011년 늦가을에

인사동 ─ 추억의

흔적이고 소박한 정취가 살아 있던 인사동 거리가 빌딩 숲으로 모습이 바뀌어도
많은 사람들의 구구절절한 추억의 흔적은 누구도 지울 수 없다.
지난 것이 더 아름다운 이유는 다시 볼 수 없다는 안타까움 때문일 것이다.

해정병원
감기에 걸리면 달려가는
친절한 여의사가 있는 내과전문병원.

나누는 기쁨
내 얘기를 '하하하' 웃으며
잘 받아 주는 여인이 있어 자주 가던 곳.

수도약국
사람들이 인사동에서 만날 때 기점으로 삼는
인사동 길의 유일한 약국.

나누는 기쁨, 객원, 학고재, 은과 나무, 다울은
현재 문을 닫았거나 다른 곳으로 옮겨 갔다.

풍류사랑
올갱이로 각종 음식을 만들어 놓고
나를 부르는 선배 언니가 있어 달려가던 곳.

객원
엄마가 해주는 밥이 먹고 싶을 때 가면
입담 좋은 주인장의 유머 때문에 에너지도 덤으로 얻어 온다.

부산식당
대를 이어온 식당으로, 항상 밥을 새로 지어 주다 보니
따끈한 밥을 먹기 위해선 인내가 필요하다.

목인박물관
목각인형들이 줄지어 서서 나를 바라보고, 나는 그들을 감상한다.

은과 나무 은 장신구를 직접 만들어 팔던 곳.

학고재
사람들에게 인사동 길을 안내할 때 내가 꼭 언급하던 갤러리.

북인사 관광안내소
내가 만든 안내 표지판이 매달려 있는 곳.

홍백화방
30년 이상 인사동을 지키는 사장님 얼굴에
세월의 흔적이 묻어 있다.

만드는 손길
내가 동으로 간판을 만들어서
시선을 많이 받았었다.

귀천
천상병 시인이 그린 부인 목순옥 여사의 얼굴을
그려 주기로 한 약속을 못 지켜 아쉬움이 남는다.

궁
내가 만든 액세서리를 좋아라 매달고 있는 손녀와
직접 만두를 빚는 90세 넘은 할머니가 외국 사람들에게
삐뚤삐뚤 사인을 해주는 진풍경이 정겹다.

꼴액자
내 작품의 액자를 만들어 주며 나를 웃겨 주기까지 하는
개그 본능의 주인장 때문에 웃음주름 하나 더 생긴다.

다율
주인장과 속속들이 마음을 나누며 울고 웃던 언니와 나의 아지트.

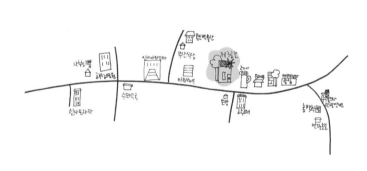

제 3 공 간 의
인 사 동 추 억

• 지인에게서 전화가 왔다.

인사동에 비어 있는 가게가 있다고……

내가 만든 작품을 전시도 하면서 팔 수도 있는 공간을 갖게 되는

좋은 기회가 온 것이다. 물론 사람들의 호평과 혹평 사이에서 끊임없이 갈등을

겪겠지만, 그것을 통해 다듬어지는 것이 숙명과도 같은 작가의 삶인 것을

어쩌겠는가? 당장 그곳으로 달려 갔다.

그림을 표구했던, 좁고 기다란 세평 남짓한 아주 작은 공간.

지나치게 협소하다는 생각도 들긴 했지만, 여러 가지로 부담 없이

도전해 볼 만해서 바로 계약을 했다.

내부는 오랫동안 비어 있었던 터라 지저분하고 손볼 곳이 많았다.

잘 꾸미면 재밌는 가게가 될 것 같아서 지인들과 힘을 모아

뚝딱뚝딱 작업을 시작했다. 바닥에는 나무판을 깔고

벽과 천장에는 캔버스를 덧대고, 가게 전면에는 사각 동판을 부식해서

페인팅한 그림들을 다닥다닥 연결해 붙이고

출입문에는 동으로 손잡이를 둥글게 만들어 달았다.

원래 있던 구조물 위에 철망을 두르고

그 위에 동판을 두드려 만든 태양에 조명을 넣어 불을 밝힌 뒤

'제3공간'이라는 가게 이름도 부착했다. 한 달간 꼬박 작업하여

새롭게 꾸민 자그마한 공간에서 밝은 조명들이 희망찬 시작을 기뻐하듯

반짝이는 가운데 지인들과 조촐한 오프닝을 했다. 전시된 내 작품들이

내일부터 있을 사람들과의 소통을 기대하며 웃고 있었다. •

• 가게 내부의 전시물은 전부 내가 만든 것으로,

주로 동판이나 와이어를 이용해
용접하고 그림도 그려 만든 작품이다.

나만의 고유의 작품이라 평소에 볼 수 없던

오브제 형식의 인테리어 소품들이 많았다.

사람들이 재밌어 하며 구경하기 시작했지만,

낯선 작품들이다 보니

처음에는 일본인과 서양인들이 주 고객이었다.

그 사람들은 핸드메이드를 높이 평가해 주기 때문에

내 작품이 유니크^{unique} 하다면서 즐겁게 둘러보고 사 갔다.

어느 정도 시간이 흐르자 선호하는 사람들도 생기고

마니아 층도 다양해지면서 눈코 뜰 새 없이 바빠졌다.

어느 단골 고객은 월급 타서 한 점씩 사다 모아

집 한쪽 벽면을 장식하고 있다고도 하고,

가게를 통째로 들고 가고 싶다고 하는 사람도 생기면서

나의 열정은 점점 더 불타올랐다. •

- 찰칵!

물고기 모양의 시계 앞에서 여대생

한 명이 사진을 찍고 있다.

바쁜 틈을 이용해 우리 모르게 살짝 휴

대폰에 담은 것이다. 눈이 마주치자 얼굴

이 빨개지는, 수줍음 많은 순진한 학생이다.

눈만 마주쳤는데도 민망해하는 데는 이유가

있다. 벽마다 "사진 찍지 마세요"라고 붙여 놓았

기 때문이다. 디자인 도용이 걱정되기도 하지만, 사

진 찍는 걸 허용하면 다른 사람들에게까지 방해가

될 정도로 촬영에만 몰두하는 사람들이 있어서다.

미안해하는 여대생을 보고 있자니 내가 더 민망해 말을

건네게 되었다.

그 여학생 말이 일본인 친구 중에 물고기를 좋아해서 물고

기 모양으로 된 것이면 무엇이든지 모으는 수집광이 있단다.

어디서든 물고기 모양으로 된 것을 발견하면 구해 달라는 부탁

을 받았는데, 물고기 모양의 시계를 보니 반가웠다고, 사진을 전송

해 주고 좋다고 하면 보내 주려 한다고 했다.

결국 그 물고기 시계는 항공편으로 일본에 보내졌다. 그 후로 그 여대

생과 친해져 지날 때면 자주 가게에 들렀다. 차도 마시고 요즘 젊은이들

의 재기발랄한 문화도 알게 되니 저절로 젊어지는 기분이었다. •

• 내가 주로 하는 작업은
동판을 부식해 색을 칠하고
동판과 동선을 용접해 오브제를 만든 뒤
따뜻한 느낌을 주기 위해
색을 입히는 것이다.
나는 금속뿐 아니라 어떤 것이든지
새로운 재료를 만나면
색칠해 보고 싶은 충동이 생긴다.
저마다 특성을 지니고 있어
색을 어떻게 써야 하는지를
알아가는 것에 큰 기쁨을 느낀다. •

• 감상자들이 점점 늘어나고
사람들이 줄지어 들어오기 시작했다.

좁고 기다란 가게 안으로 앞사람의 뒤를 따라

구경하며 돌아나가는 사람들이 신기하기도 하다.

사람들이 줄을 서 있으니까 '이게 뭐야?' 하고

그냥 줄을 따라서 들어오는 사람들도 있다.

처음 겪어 보는 진풍경에 놀랍기도 하고

더 잘 만들어야겠다는 부담감도 생겼다.

사람들로 뒤엉켜 눈코 뜰 새 없이 바빠서

앉아 있을 시간도 없을 지경이었다.

퇴근 시간이면 영업 끝났다며 서 있는 줄을 끊어 내며

문을 닫아야 할 정도였으니까.

몸은 고단해도 누군가가 내 작품을 감상해 주고,

아끼듯 사 가는 것만으로도

새로운 용기를 얻어 작업에 몰두하게 된다.

일은 많아 바쁘고 힘들었지만

그 에너지가 나를 움직이게 했다. •

제 3 공 간 의 인 사 동 추 억

• 어릴 적, 아버지는 양조장을 하셨다.

넓고 아주 높은 함석지붕이 있는 공장은 나의 놀이터이기도 했다.

장마철에 비라도 쏟아지면 귀가 먹먹해질 정도로 시끄러웠던 기억과 함께

나에게는 또 하나의 추억이 있다.

함석지붕은 비와 눈을 맞으면서 부식되고 녹슬어 미세하게 틈이 생긴다.

햇빛이 강렬한 날이면 붉게 녹슨 천장에선 축제가 벌어진다.

뚫어진 구멍 틈새로 빛이 새어 들어와 별처럼 반짝반짝 빛난다.

천장을 향해 고개를 힘껏 뒤로 젖히고, 하나 둘 셋 넷…… 세어 보면서

새로운 별을 발견하고 기뻐하는 내 어릴 적 모습이

사진의 한 장면처럼 마음속에 남아 있다.

그래서일까, 지금도 나는 금속에 열광한다.

길을 가다가 녹슨 철로 된 구조물을 발견하면 걸음을 멈추게 되고,

잔잔한 그리움이 밀려오면서 어릴 적 그 집에 가고 싶어진다.

그런 그리움이 가실 때까지 나는 금속과 함께 있을 것 같다. •

• 좋은 인상인데도 말을 걸기에는 왠지 모르게 조심스러운 중년부인이 가끔씩 들렀다. 갤러리를 운영하는 건 아닐까 하는 생각이 들 정도로 큰 작품을 여러 점씩 구입했다.

어느 날 와서는 아이들의 얼굴을 그려 달라고 하더니, 주문대로 그려 놓은 그림을 별말 없이 가져간다.

"갤러리를 하시나요?" 내가 먼저 말을 건다.

"아니요. 사실은……." 아주 작은 목소리로 대답을 한다.

인기 있는 중견가수의 부인인 것이다. 연예인 당사자뿐 아니라 가족들까지도 행동이나 말을 조심하다 보니 특유의 방어 능력이 생긴 것 같다. 별별 사람이 하도 많다 보니 경계심을 갖게 되었음을 충분히 이해할 수 있었다. 이야기를 나누면서 친해지고 보니 처음과는 달리 잘 웃는 분이었다. 볼수록 수수하고 정감 어린 성격에다가 남에 대한 배려심이 많은 후덕한 사람이어서 남편이 성공하기까지 부인의 내조가 큰 몫을 했을 거라는 생각이 들었다.

새로 지어 이사한 집을 꾸미면서 우리 가게를 발견하게 되었고, 내 그림이 그분의 취향에 맞아 원하는 그림을 주문하게 되면서 가끔은 연락을 주고받는 좋은 만남으로 이어졌다. •

- 프랑스 관광객 중에 인상적인 부부가 있었다.

부인이 칠보로 모자이크 작업한 내 그림 몇 점을 보자마자 맘에 들어 했다.

두 사람이 송송송 나는 프랑스어를 이렇게 표현한다 하면서
한참을 의논하는 것 같더니 끝내는 나가 버렸다.

동서양을 막론하고 부부의 의견이 딱 일치하기는 어려운가 보다.

오랜 시간 가게를 하면서 지켜본 바로는

부부가 함께 와서 구매가 성사되기는 하늘에서 별 따기처럼 쉽지가 않다.

그래서 뭘 살 때는 따로 다닌다는 부부도 많이 보았다.

생필품이 아닌 이상 당연한 일이라는 생각도 든다.

30분쯤 지나서 그 부부가 가게로 들어왔다.

또 송송송 하다가 다시 오겠다며 나가는 모습을 보니 웃음이 났다.

그러기를 서너 번 하더니 드디어 의견이 일치했나 보다.

크기가 제법 큰 그림 세 점을 고르기에 포장해 주었다.

가져가느라고 고생 좀 했을 거다.

인사동 골목을 오가며 옥신각신했던 일마저

그들 부부에게는 언젠가 웃음 가득한 추억이 되겠지. •

- 사랑을 막 시작한 남자가 있었다.

여인에게 반지를 선물로 주면서 고백하고 싶다고 했다.

오래 간직할 수 있는 금으로 하면 좋겠는데,

그렇다고 너무 고가의 티는 나지 않게 만들어 달라고 했다.

서로 의논한 끝에 옛날 어머니들의 가락지 형태로

금으로 만들되, 보이는 곳은 은으로 살짝 감싸기로 하고

디자인을 했다. 반지는 일주일 만에 완성되었다.

대물림을 해도 좋을 만큼 두께감도 있고

보기에도 아름답게 만들어졌다.

작업을 할 때마다 느끼는 것이지만, 주문받아 하는 일은

기분 좋게 출발해 무난하게 마무리되는 경우도 있고

시작부터 삐걱대다가 마무리까지 고생하는 경우도 있다.

그래서 주문자가 까다로우면 작업 내내 고생스럽다.

하긴 작가들도 예민하기는 매한가지이니

주문한 사람만 탓할 수도 없을 것이다.

이 반지는 처음부터 마무리까지 기분 좋게 이루어졌고
신중하고 배려심 깊은 듯 보이는 남자도
맘에 들어 하며 찾아갔다.
두 사람에게 좋은 일이 생길 것 같은 느낌이 들어
잘되면 꼭 알려 달라고 했다.
그리고 오랜만에 남자가 다시 가게에 들렀다.
그동안 인사이동도 있고 바빠서 빨리 알려 드리지 못했는데,
짝사랑하던 여인이 반지에 담긴 뜻을 받아들여
잘 사귀고 있다고 했다.
감사하다는 인사도 잊지 않았다.
마치 내 짝사랑이 이루어지기라도 한 듯 정말 기뻤다.
내가 만든 반지가 행복한 운명의 동반자가 된 것을
알게 된 이런 순간, 인사동 거리의 소박한 예술가,
나는, 형언할 수 없는 보람을 느낀다. •

• 남자들은 첫사랑을 오래도록 잊지 못한다고 했던가?

어느 날 한 남자가 들어와 사진을 내밀었다. 빛바랜 흑백사진 속에는

양 갈래로 머리를 곱게 땋은 여학생이 수줍게 미소 짓고 있었다.

첫사랑인 사진 속의 여인을 그려 달라는 것이다.

당연히 난 거절했다.

사진 속의 얼굴만이 아니라 그 사람의 추억까지 담아야 하는

아주 어려운 작업이란 생각이 들어서였다.

그래도 막무가내로 사진과 연락처를 남기고 도망치듯 가버렸다.

꽤 오랜 시간이 흘렀고 그 남자는 나타나지도 않았다.

좀 한가한 어느 날, 불현듯 그 첫사랑 여학생을 어디 한번 그려 볼까 싶어졌다.

다행히 느낌이 많이 비슷하게 나와서 기분 좋게 마무리했다.

내 연락을 받고 남자는 매우 흡족해했다.

하지만 다음에 찾아가겠노라며 자꾸 미루었다.

한 달, 두 달, 석 달…… 일 년쯤 지났을까?

부인에게 미안해서 도저히 찾아갈 수가 없단다.

그동안 사진은 사무실 서랍 속에 꽁꽁 숨겨 놓았었나 보다.

긴 시간이 흐른 뒤에도 연인을 그린 그림 하나를

단순하게 볼 수만은 없는 마음이 첫사랑일까?

내 입장에서는 재미있는 이야기가 담긴 그림이라 가게에 걸어 놓고

가끔 화제로 삼으며 사람들과 즐거워하곤 했다.

그간 눈독을 들이는 사람들도 있었는데…….

결국 그 그림은 다른 누군가의 그리운 학창 시절이 되어 팔려 나갔다. •

• 새로운 작품을 완성하게 되면
어느 기간 동안은 내 눈앞에 놓고
보고 또 보면서 정을 나누고 싶은데,
그럴 사이도 없이 팔려 나가는 경우가 많다.
참 아이러니하게도 팔려고 벽에다 진열해 놨으면서도
막상 포장을 할 때면 마음속으로 울고 있다.
멋진 사람에게 선택된 것에 대한 고마움이나
돈을 받게 되는 기쁨보다는

'너를 더 이상 볼 수 없구나' 하는

섭섭함에 오랫동안 이별의 아픔을 겪는다. •

• 대기업을 다니면서 30여 년간 수집해 온 민속품으로 인사동에 갤러리를 겸한 사립박물관을 운영하는 분을 알고 있다. 민속품 중에서도 갖가지 해학이 담긴 표정의 목조각 상에 유난히 애정을 갖고 계셔서일까?

박물관 이름도 '목인'木人이다.

중년신사의 근엄한 모습이기보다는 수수한 옷차림에 소탈한 웃음으로 상대를 편하게 해주는 것이 그분의 특징이다. 관장님 티가 나지 않아 처음 보는 사람은 누가 관장인지 눈치 채지 못한다. 내가 싫어하는 것 중에 하나는 지나치게 티를 내는 사람이다. 회장님이네 사장님이네 하면서 너무 부자 티를 내고, 예술가라고 해서 옷차림이 과하거나 장식품으로 요란하게 꾸민 것을 보면, 무언가 속이 허한 사람으로 여겨지며 오히려 측은지심이 생긴다. 꽃향기도 강한 것보다는 은은한 것이 더 오래 여운이 남는 것처럼 꾸밈없는 자신의 모습 그대로가 더 아름답지 않은가.

몇 년 전 부암동에 '산모퉁이'라는 갤러리 카페도 오픈하셨는데, 드라마 촬영지로 이름이 나 관광코스와 데이트코스로 유명세를 타고 있다.

우연한 기회에 그분과 함께 그 카페에 가게 되었는데, 많은 손님들로 북새통을 이루고 있었다. 그런데 바닥에 버려진 쓰레기를 보자 얼른 허리 굽혀 줍고 넘치는 재떨이까지도 손수 비워 내는 것이었다. 그 모습에 내심 놀라면서 남을 의식하지 않는 그분의 꽉 들어찬 속내의 여유로움이 부럽기도 했다.

요즘은 카페 꾸미는 일에 푹 빠져 싱글벙글하신다. 구석구석에 아기자기한 소품들이 가득하고, 변하는 시대의 흐름을 따라 젊은이들 못지않은 감각으로 재밋거리를 만들어 내신다. 공간을 꾸미는 즐거움으로 사람들과 소통하는 그분을 나는 유쾌한 예술인이라 칭한다. 드라마에 나왔던 프로포즈 장면을 금속 오브제로 만들어 드렸다. 카페 한쪽 벽면에 걸릴 내 작품을 보더니 '내가 바로 원하던 것'이라며 표정으로 전하는 칭찬 한마디에 내 작품이 누군가를 기쁘게 해줄 수 있구나 싶어 가슴이 설렌다. •

• 가게 입구 오른쪽 벽면에
발 모양 시계를 걸어 놓은 적이 있다.

어느 날 미국 여인 두 명이 입구로 들어서자마자

발 모양 시계를 발견하고 손가락으로 가리키며 환호성을 지르더니

마주 보고 배를 쥐고 웃는다. 한참을 웃다가,

기가 막혀 바라보고 있는 우리와 눈이 마주치자 더 크게 깔깔대고 웃는다.

나중에는 눈에 눈물이 맺힐 정도로, 허리가 끊어져라,

급기야 주저앉아서까지 웃고 있다.

'왜들 저래⋯⋯. 남의 작품 앞에서!'

조금 불쾌하기까지 했다.

손님들을 맞다 보면 그들의 다양한 문화적 의식의 차이를 느낄 수 있다.

어려서부터 제대로 된 문화를 접하며 자란 사람들은 작품을 감상하는

모습도 그렇고, 작품을 대하는 태도나 구매를 결정하고 값을 치를 때도

소중히 대하는 티가 난다. 아는 만큼 보인다고

손으로 만든 것의 노고를 인정해 주는 것이다.

보아하니 예의가 없는 사람들 같지는 않은데⋯⋯.

웃을 만큼 다 웃었는지, 진정하고 우리를 바라보며 시계를 사겠다고 한다.

두 사람 중 한 명이 한쪽 발을 들어 올리며 자기 이름이 '발'이라고 한다.

다같이 '하하하' 웃었다.

'발'이라는 이름도 재미있지만, 자기의 이름을 그렇게 즐겁게 생각하고,

자신에게 딱 맞는 작품이라며 사 가지고 가는 그 사람들의 모습이

더 유쾌하다.

주고 간 명함에는 'barefoot', '맨발'이라고 적혀 있었다. •

● 인사동에는 예쁜 이름의 가게가 많다. 그중에서 내가 뽑은 가장 예쁜 이름은 '나누는 기쁨'이다. 의미는 물론 이름만 들어도 참 따뜻한 느낌이 든다. 전통찻집인데 직접 만든 차를 맛볼 수 있었다.

울적할 때면 들러 차도 마시고 너스레를 떨어도 긴 수다가 부끄럽지 않은 푸근함은 아무렇지도 않은 듯 꾸민 공간이 주는 선물인 듯하다.

제철에 나는 열매들을 숙성시키기 위한 항아리들과 병들이 입구부터 빼곡히 놓여 친정엄마의 오래된 마루나 부엌이 연상되기도 하는 곳. '나누는 기쁨'의 주인장은 가게를 하게 되면서 만난 동료이자 친구다.

바람에 날릴 것처럼 연약한 체구인 그 여인은 어디서 그런 힘이 나오는지 매사에 흔들림이 없고 확고하다.

늘 객관적이고 명쾌해서 만나면 속이 시원하다. 역시나 푸근함은 그저 착하기만 한 천성이 아니라 풍상 겪어 낸 마음의 강건함에서 나오는 힘인가 보다. ●

• 주한 영국대사가 임기를 마치고 한국을 떠나면서 우리 가게에 왔다.

평소에도 직원을 통해 종종 작품을 구입해 갔었단다.

직원이 신상을 밝히지 않았으니 우리는 모를 수밖에 없었다. 작품 몇 점을

구입해 가면서 우리 가게를 영국에 가서 홍보해 주겠다며 미소 짓는다.

붙임성 없는 나이지만, 그 마음만으로도 감사하다고 진심 어린 인사를 했다.

그 이후로 쭉~ 선물할 일만 있으면 한국 직원을 보내 작품을 구입해 갔다.

어느 날, 한 영국인 관광객이 와서는

"너의 가게, 영국에서도 유명하더라!" 하면서

엄지손가락을 치켜세웠다.

이 조그마한 가게를 기억하고 약속을 지키는 마음이 어쩌나 고맙던지.

사람과의 인연이 만들어 낸 소중한 순간을 경험할 때마다

의욕이 솟구쳐 지치고 힘들었던 일들은 깨끗이 잊어버리고 작업에 몰두한다.

마술과도 같은 만남들, 요란하지는 않지만 온기로 가득 찬 인연들로

알게 모르게 나에게 묻어 있던 세상의 구슬픈 먼지들을

닦아 내면서 살아가나 보다. •

• 오랜 세월을 조명에 관한 일에만 전념해 온 분인데,
가게 입구에 금속으로 만들어 놓은 작은 스탠드의 조명을 보고
들어오신 게 계기가 되어 알게 되었다.
타고난 부지런함으로 시장조사를 겸해서 시내에 자주 나오시는데
그날은 외국 바이어와 동행하셨다.
느닷없이 우리 가게 이름인 '제3공간'의 뜻이 뭐냐고 질문하더니
바이어에게 영어로 유창하게 설명을 하며
은근히 우리 앞에서 뽐내는 표정으로 미소 지으신다.

또래 여자 아이들 앞에서 우쭐대는 남자 아이처럼…….

연세가 칠십을 넘어서고 있는데도 음성이나 모습이 젊은이 같다.
인사동을 지날 때마다 잊지 않고 가게에 들러서 연륜이 묻어 나오는 조언을
해주시는 그분에게 늘 감사하다. 예술적 안목으로 나의 작품을 보면서
기발한 아이디어를 내놓기도 하고, 해외 출장 때 보고 온 재미있는 작품도
사진을 찍어 와 응용해 보라고 하시기도 한다. 유머가 있어 농담도 잘하시니
만나면 기분 좋은 웃음도 선물로 받게 된다. 상대를 빨리 파악해서
대화를 이끌어 내고 친분을 쌓아 가며 자신에게 신뢰감을 갖게 하는
뛰어난 능력을 보면 타고난 사업가다.
그런 센스가 굴지의 조명회사를 오랫동안 이끌어 갈 수 있는 힘인 것 같다.
늘 프로의식을 가지라고 강조하는 자신감 넘치는 그분처럼
나도 멋지고 탄력 있게 나이들고 싶다. •

• 무심히 건넨 좋은 말 한마디가 누군가에게는
큰 격려가 되어 평생 그 힘으로 살아가게 할 수도 있다.

입가엔 미소를 머금고 나풀대는 레이스가 달린 블라우스를 즐겨 입는, 아직
도 소녀 같은 마음을 가진 그분은 항상 밝고 행복해 보인다. 마음이 울적한
어느 날, 무작정 집을 나와 인사동 거리를 걷다가 우리 가게를 발견하게 되었
고, 내 작품에서 묻어 나오는 외로움이 왠지 애틋해 마음이 움직였단다. 몇
작품을 구입해 가시며 이야기를 주고받다가 친해졌다. 깊은 속내까지 드러낼
수 있는, 나이 차이를 뛰어넘어 친구가 된 것이다.

조금씩 알아 가다 보니, 그분은 결코 화사하기만 한 길을 걸어온 게 아니었
다. 삶의 우여곡절 속에서 그분에게 위로를 가져다준 것은 바로 책이었다. 그
래서인지 그분의 머릿속에는 멋진 명언들과 지혜가 담긴 짧은 이야기들이 가
득 입력되어 있다. 주위에서 힘든 이를 만나면 그 사람에게 맞춤한 말로 위로
해 준다. 그런데 어찌 그것이 말의 힘뿐이겠는가? 고통을 아는 사람만이 상
처받은 다른 사람의 마음을 어루만질 수 있는 것이다.

내가 슬퍼하는 날에는 그에 맞는 이야기를 싸~악 꺼내서 나를 웃게 해주고,
기쁜 일이 있을 때면 자기 일처럼 기뻐하며 즐거워하신다. 그분의 짧고 단순
한 말 속에는 경험과 공감이 녹여진 긴 여운이 있어, 살면서 힘들 때 큰 위로
가 된다. 나에게 그분은 그야말로 보물과도 같은 존재다. 아무도 모르게 깊숙
한 곳에 숨겨 놓은 나만의 보물.

그분은 지금도 쉬지 않고 인터넷을 통해 절망에 빠진 사람들의 마음을 어루
만지는 메일을 보내며 봉사활동을 하고 계신다.

톡 톡 톡 독수리 타법으로……. •

• 회색 승복을 입은 스님이 까만 캐리어 가방을 드르륵~드르륵~ 끌고 인사동 좁은 길목을 지나 간다.

스님과 여행 가방이라…… 왠지 보기에 낯설다.

스님들은 보통 회색 천으로 된 자루 모양의 걸망을 어깨에 메거나 봇짐을 짊어지거나 하는데, 각지고 심플한 디자인의 캐리어 가방을 끌고 가는 모습이 무척 인상적이다.

언젠가 새까만 선글라스를 쓴 스님과 대화를 나눠 본 적이 있다. 잘 아는 스님이 아니어서 그런지, 눈을 마주보며 나누는 이야기가 아니어서 그런지 뭔가를 가리고 있는 느낌이 들면서 여느 수행자와는 사뭇 달라 보였던 모습이 떠올랐다. 아마도 이 모든 게 다 선입견에서 오는 감정일 것이다.

그런데 캐리어 가방을 끄는 그 스님이 우리 가게에 들어오는 거다. 하와이에 절을 새로 지어서 꾸미는데, 어떤 게 좋을까 하고 인사동엘 오셨단다. 마침 우리 가게에서 맘에 드는 걸 찾았는지 꽤 여러 점을 골라 놓으셨다.

여러 점이어서 그랬을까? 함께 일하는 언니의 계산 착오로 오만 원을 덜 받은 것을 한참 후에 알게 되었다.

'어떡하지? 할 수 없지……. 보시했다고 생각하자.'

그런데 그다음 날, 그 스님이 또 드르륵하며 지나가
신다.

'하하하, 어쩌지? 말을 해! 말아!'

언니가 용기를 내어 스님을 모셔 왔고, 자초지종을
설명한 뒤 쑥스럽게 오만 원을 받았다. 그 후에도 몇
차례 더 와서 작품을 구입해 가시면서 하와이에 꼭
놀러 오라고 연락처도 주고 가셨다.

캐리어 가방과 오만 원 때문에 더 확실하게 기억에
각인된 그분.

나에게 그분은 '하와이 스님'으로 남아 있다. •

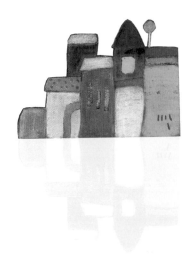

• 어느 해 겨울, 언니와 나는 평창동
산자락에 있는 아담한 집에 초대를 받았다.

가게 문을 닫고 저녁 8시경 어둑한 길을 따라가다 보니 그 집 창가에 자리를 잡고 길게 늘어뜨려진, 내가 만든 촛대에는 아른한 촛불이 겹겹이 촛농을 만들며 바람에 흔들리고 있었다. 중동에서 오래 살다 온 여인의 집이다. 우리 가게에서 구입해 간 작품들이 제법 많은 편인데, 자신이 어떻게 꾸며 놨는지 보러 오라고 초대를 한 것이다. 집 안에 들어서니 멋진 카페에라도 온 것처럼 일반 가정집과는 사뭇 다른 분위기였다. 저절로 탄성이 나왔다.

작품들은 적재적소에서 빛나고 있었다. 한 작품 한 작품이 내 손에 있을 때보다 더 귀하게 보였다. 공간 디자인 감각이 뛰어난 센스 있는 사람이었다. 작품을 사 갈 때도 선택이 매우 빠르다는 생각을 하긴 했었다. 사람들이 놀러 와서는 중동에서 가져온 작품들이냐고 한다면서 해맑게 웃는다. 어떤 작품이든 누구의 손에 이끌려 어떤 장소에 어떻게 놓이느냐에 따라 그 느낌이 달라진다는 것을 새삼 느끼게 된다. 어쩌면 그것은 작품이 타고난, 운명이거나 복인지도 모르겠다. 촛불로만 불을 밝힌 그 분위기에서 우리는 와인을 마시며 밤늦도록 이야기꽃을 피웠다.

그렇게 마음까지 빛나는 날 밤에는 내일은 더 행복한 운명을 지닌 작품을 만들어 봐야지 다짐하며 단잠이 든다. •

• 일본인 남자 어른 세 명이

가게 안으로 들어서면서 "곤니찌와!" 인사를 한다.

이것저것 한참을 보더니 한 가지씩 고르고는,

포장해 달라고 하기 전에 가방에서 주섬주섬 책을 꺼내 머리를 맞대고

페이지를 넘기더니, 셋이서 함께, 입을 모아 한목소리로

"깎. 아. 주. 세. 요." 한다.

나도 모르게 습관이 되어 반사적으로 "다메데스(안 됩니다)" 했다.

아차차! 다같이 '하하하' 웃었다.

일본인들은 여행용 한국어 책을 이리저리 뒤져

더듬더듬 어렵게 한국말로 하고 있는데,

나는 일본말로 짧고도 단호하게 대답을 한 것이다.

그 아저씨들이 어쩌나 재밌어하던지, 한참 동안 즐겁게 웃었다.

결국은 나의 대답대로 정가에 구매해 갔다.

인사동이라는 지역 특성상 외국인이 많이 오가다 보니,

짧은 단어의 나열에 불과하더라도 영어와 일본어를 번갈아 쓰며

하루를 보내게 된다.

어느 날인가, "Yes! No!"를 반복하고 있을 때, 구걸하는 이가

가게 문을 열고 손을 내밀자 나도 모르게 "No!"라는 말을 선명히 내뱉었다.

순간 놀라 돌아서서는 실없는 사람처럼 혼자 한참을 웃었다. •

• 경기도 안성에 사는 들꽃 화가가 경인미술관에서 개인전을 할 때

동판을 부식하고 컬러링을 해서
방명록을 만들어 준 적이 있다.

소재가 특별하다 보니 반응이 좋아 다음 전시 때 한 점 더 만들었다.
순탄치만은 않았던 삶 속에서 그녀가 벗하는 것들은 대나무 바구니와
골동 항아리 그리고 야생초들이다. 대문을 열고 집 안으로 들어서면서부터
무덤덤한 듯 소박한 화가의 벗들이 즐비하게 늘어서서 방문객을 반긴다.
수많은 날들을, 그것들을 정성스레 닦아 주고 물도 주면서 울고 웃으며
살아왔을 그녀의 모습이 그려지며 떨리듯 마음 한쪽이 내려앉는다.
작품에도 들꽃 속에 파묻혀 사는 본인의 모습이 지속적으로 등장한다.
자기 작품뿐 아니라 다른 작가들의 작품도 얼마나 애지중지 아끼는지
협소한 공간에 겹겹이 쌓아 놓은 짐만 해도 엄청나다.
내 작품만 해도 꽤 많이 가지고 있으니 머리에 이고 있어야 할 정도다.
얼마 전 그녀의 화실을 방문하니 방명록을 보자기에 꽁꽁 싸 놓았다며
나를 보고 씨익 웃는다. 어느새 짐 싸는 데는 고수가 되어 버린 모양이다.
자기와 인연을 맺은 모든 것을 소중히 아끼는 그녀는 넓은 집에서
사는 게 꿈이다. 갖고 있는 작품들을 모두 얼굴 내밀 수 있도록 해주고,
집 주변에는 꽃과 나무를 둘러 심고 멋진 정원도 만들어 가꾸며
살고 싶어서다. 그저 스쳐 지나가는 것들에게도 제자리를 찾아주고자 하는
그녀이기에 나는 그녀의 크고도 순수한 꿈이 꼭 이루어지리라 믿는다. •

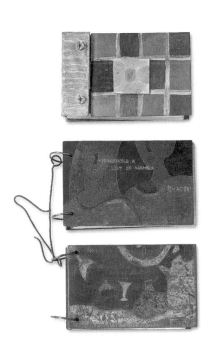

한 달에 두 번 정도는 산을 오른다.

도시에서 지치고 찌든 때를 자연으로 씻는다.

그곳은 어떤 선입견으로도 나를 평가하지 않으며

무언가를 요구하지도 않는다.

다만 침묵으로 바라봐 줄 뿐이다.

• 일본인 가족이 우르르 가게에 들어선다.

딸 넷과 엄마, 아빠! 피부가 뽀얀 게 한 가족 아니랄까 봐

비슷하게 생긴 사람들이 눈을 반짝이며
"곤니찌와" 인사를 한다.

아이들은 고등학생도 있고 초등학생도 있다.

아빠가 엄마와 아이들에게 선물을 한 가지씩 고르라고 한다.

모두들 자신에게 어울리는 걸 잘도 고른다. 쇼핑을 많이들 해본 솜씨다.

개성들도 강하고 한번 선택하면 흔들림도 없다.

딸아이가 하나 더 사고 싶어 하는데도 아빠는 단호히 거절한다.

규칙을 정하고 왔나 보다.

조신하고 편안한 인상의 부인에게도 예외가 없었다.

그 가족은 집 안에 걸 그림까지 한 점 구입해 왁자지껄 떠났다.

가족여행이 행복해 보여서 보기에도 좋았고 부럽기도 했다.

얼마나 지났을까. 어느 틈에 명함을 챙겼는지 감사의 편지를 보내왔다.

온가족이 한 구절씩 써서 보낸 것이다.

참 인상적이었다고…….

나도 모르게 미소가 번졌다. 서로가 인상적이었나 보다.

아빠의 직업이 의사였던 그 가족에게

나도 더듬더듬 일본어로 답장을 보냈다.

"오겡키데스까?"(건강하시지요?) •

• 까르르 웃으며 한 무리의 소녀들이 들어온다.

하얀 상의의 교복을 입은 여고생들이다. 남자 선생님께 선물하려고 하는데

추천을 해달란다. 그러고 보니 며칠 후가 스승의 날이다.

작은 그림 한 점을 고르고 좋아라 하며 포장을 해가지고 갔다.

그런 만남을 계기로 친해진 그 소녀들이 하굣길에 쪼르르 달려와

조잘조잘 떠들며 나에게 웃음을 선물로 주고 간다.

알고 보니 지난번에 구입해 간 작은 그림은 다섯 명의 단짝들 중에 한 명이

짝사랑하는 선생님께 선물했던 것!

눈이 유난히 작아서 별명이 새우 눈이라는 그 선생님을

다른 친구들은 별로라며 놀려 대는데도, 짝사랑에 빠진 여학생은

그 선생님이 누구보다 잘생겼고 작은 눈조차 귀엽다고 한다.

아마도 그 소녀의 눈엔 귀여운 콩깍지가 씌었나 보다.

오기만 하면 깔깔대며 선생님들 흥보느라 시간이 모자란다.

왁자지껄 소녀들이 왔다 가면 가게에는 순간 정적이 흐른다.

무언가 소중한 것이 쑥 빠져나간 듯……

별스럽지도 않은 것을 두고 웃어 대는 그 젊음과 건강함이

부럽기도 하고, 나의 옛 학창 시절도 생각나면서 입가에 미소가 번진다.

그랬던 소녀들이 성장해 각자의 길을 가면서 소식이 뜸해졌다.

그리고 추억으로 남겨질 즈음에 연락이 왔다.

다섯 소녀들은 대학을 마치고 결혼을 하면서 남편을 따라 미국·영국 등

각지에 흩어져 살다가 오랜만에 모두 뭉친다며 나도 초대를 했다.

반가워 설레는 마음으로 달려갔다.

어느새 소녀들은 30대의 여인들로 변해 있었다.

어른이 되어 있는 소녀들이 대견하기도 한 반면, 그만큼의 세월로

내가 늙어 가고 있음을 인정해야 한다는 사실에 내심 멍해지기도 한다.

그 귀엽던 소녀들이 지금 내 곁에서 선생님들 이야기가 아닌

남편과 자녀들 이야기, 재테크로 앞날에 대한 구체적인 설계를

해야 한다는 이야기를 한다. 현실의 냄새로 가득한

시끌벅적 수다를 떨고 있는 것을 보니 나보다 더 어른스럽다.

아직도 교복을 입고 해맑게 웃고 있는 풋풋한 소녀들이

내 머릿속에 남아 있는데, 지금 내 앞엔

그들의 큰언니쯤으로 보이는 아줌마들이 나타나서

나의 아련한 환영들을 지워 내고 있는 것 같다.

'까르르'가 아니고 '우하하' 아줌마 웃음을 웃는 소녀들, 아니 아줌마들을

바라보니 신기하기도 하다. 누구나 변하게 만드는 것이 세월인데도,

그 아름다웠던 환영을 붙잡고 싶은 것은 나의 욕심일까?

한번 지나가면 다시는 똑같은 모습으로 오지 않기에 추억이라 부르는 것을……

오랜만에 만난 반가움과 동시에 짠한 그 무엇이 내 가슴을 누른다. •

• 언젠가 어느 신문에 나온 우리 가게 기사를 보고 전화가 왔다.

강화에 있는 어린이집인데 간판을 해줄 수 있느냐고…….

간판 없이 시작한 어린이집에는 원생들이 꼬물꼬물 앉아 초롱한 눈빛으로

나를 반겼다. 누가 보아도 어린이집 원장님이라 할 것 같은

부드러운 인상의 부부와의 첫 대면은 어떤 만남보다 상쾌했다.

원하는 글자체로 디자인해 강화를 오가며 신선한 회를 사이에 놓고

마음을 열게 되었고, 자연스레 친분도 쌓여 갔다.

간판은 어린이집에 맞게 파스텔톤으로 하고 전면 유리창과 노란 버스에는

사랑스런 그림을 그려서 마무리 지었다.

보면 볼수록 그 부부에게는 어린이집 운영이 딱 맞는 직업이라는

생각이 든다. 아이들 한 명 한 명에게 정성을 쏟기란

사랑이 없으면 절대로 할 수 없는 일이다. 각각의 가정 형편을 헤아려

결핍된 것을 채워 주고 품어 주는, 엄마 이상의 천사와도 같은 모습이다.

타고난 성품도 있겠지만 특별한 사명감을 가지고

그리스도인의 삶을 아이들을 통해 실천하고 있는 부부.

온전한 마음으로 정성을 쏟으니 입소문이 나서 지금은 유아를 돌보는 공간을

하나 더 마련해 운영하고 있다. 아이들을 돌보는 일을 천직으로 여기며

열심히 살아가고 있는 부부에게 박수를 보내고 싶다. •

• 문 닫을 시간 즈음에 밝게 웃으며 한 여인이 가게로 들어온다.

현지에 파견 근무 갔다가 같은 회사의 독일인과 결혼하여

독일에 살고 있는 여인이다.

처음 보는 사람인데도 몇 년을 보고 지낸 사이처럼 어색함이 없다.

말도 잘하고 쾌활한 성격이라 그런 것 같다.

내 작품을 보며, 화가이자 건축가인
훈데르트바서*가 생각난다고 한다.

그 사람 작품의 색감에는 어린이다운 천진함과 함께

편안함이 있는데, 내 작품에서도 비슷한 것이 느껴진단다.

사실 나는 그 화가를 잘 모른다. 그래서 누군지 모른다고 했더니,

놀라면서 독일에서는 좋아하는 사람들이 많은 건축가며 화가라고 한다.

다음 날 책을 사서 보게 되었고, 나도 덩달아 훈데르트바서를 좋아하게 되었다.

그 사람의 작품은 건물과 그림이 직선이 아니고 구불구불한 게 특징이다.

훈데르트바서는 잠깐 멈추어 서서 천천히 음미하듯 아름다움을

느껴 보게 하기 위해서는 빠른 직선이 필요하지 않다고 한다.

*프리덴슈라이히 훈데르트바서Friedensreich Regentag Dunkelbunt Hundertwasser,
1928~2000는 오스트리아 빈에서 태어나 화가·건축가·환경주의자·평화주의자 등
이름 앞에 붙는 다양한 수식어에 걸맞게 왕성한 활동을 했다.

제 3 공 간 의 인 사 동 추 억

무엇이든지 뒤집어 생각하기를 좋아해 기발한 작품도 많이 만들고

여행을 즐기며 살았던 자유로운 영혼의 소유자다.

또한 자연을 누구보다 사랑하는 작가이다 보니

작품에 쓰는 색상도 자연의 빛과 닮았다.

한 달쯤 지나서인가.

나에게 훈데르트바서를 소개한 그녀가 샤프한 외모의 남편과 함께

다시 들렀다. 가회동 북촌마을에 한옥을 한 채 마련해 놓고 한국에 오면

그곳에서 머문다고 한다. 한국에는 비교적 자주 오는 편인데

우리 가게도 보여 줄 겸 왔단다.

독일에 와서 전시 한번 하라고, 반응이 좋을 거라고 격려를 아끼지 않는다.

가면서 훈데르트바서의 그림이 들어간 작은 수첩을 선물로 챙겨 주는 그녀.

나를 생각하며 선물을 준비한 그 마음,

우연한 만남을 인연으로 넓혀 가는 열린 마음이 더없이 고맙다. •

- 영화 〈올드보이〉

DVD 외장 케이스를 동으로 만들었었다.

영화사 디자인팀과 미팅을 하고 여러 차례 샘플 작업을 거쳐서 계약을 했다.

크기 19×14.5×6.5센티미터, 수량 2,850개, 작업일 90일. 만만치 않은 작업이다.

영화 이미지처럼 어둡고 거친 듯한 느낌을 살려야 하기 때문에 복잡한 과정이

필요하다. 경기도 광주 작업실에 세척 공간과 건조대를 만드는 것으로

여섯 명의 남자 작가들과 본격적으로 작업 착수!

좀 외진 곳이다 보니 음식을 시키기가 수월하지 않아

밥을 지어 먹을 수밖에 없었다. 주로 혼자 작업하는 일이 많은 편이지만,

새로운 일에 도전하는 걸 즐기는 나는 겁도 없이 일을 강행했다.

이미 초겨울로 접어든 쌀쌀한 날씨 탓에 약품 처리 후 건조하는 것도

문제지만, 케이스 하나씩 일일이 수작업으로 느낌을 살려야 하는 게

가장 품이 많이 들었다.

개성들이 강한 고집쟁이 남자 작가들은 하라는 대로 하기보다는

자기 방법이 더 색깔도 잘 나온다는 둥 서로 툴툴거리면서 얼굴을 붉혔다.

육체적으로 힘든 것보다 그 남자들의 불협화음을 참아 내기가 더 힘들었다.

한정 판매다 보니 케이스에 찍힌 숫자도 1번에서 2,850번까지 정확해야

했기 때문에 완성되는 순서대로 박스에 넣어 가면서 작업해 나갔다.

어느덧 완성된 박스가 쌓여 가고, 우리가 하나씩 문질러 주고 닦아

포장한 DVD 외장 케이스는 약속한 날짜에 한 개의 오차 없이

용달차에 실려 우리 곁을 떠났다. 그날따라 높고 청명한 하늘은

고생한 우리를 위로하듯 맑은 눈길을 보내고 있었다.

언제나 그렇지만 다시는 이런 일을 저지르지 않으리라 다짐하며

고개를 절레절레 흔들던 일도 돌이켜 보면 아름다운 추억이 되어 있다.

지금의 나 역시 어느 해 겨울의 초입에서 서로 힘겨루기를 하며

동고동락하던 남자 작가들이 그립다. 입가에 번지는 미소와 함께.　●

슬럼프에 빠져서

나른해지고 게으름을

떨고 있을 때면

작품도 주머니에 손을 찔러 넣고

나를 바라본다

• 어느 날, 빨간 장미꽃 49송이가
바구니에 가득 담긴 채 배달되었다.

보내는 사람이 누군지를 알리는 카드나 쪽지 한 장 꽂혀 있지 않았다.

누군지 너무나 궁금했다.

해질녘이 되니 가슴속에선 잔잔하고 따스한 물결이 일면서

누군가 남모르게 나를 흠모하고 있었구나 싶어진다.

아! 누구지?

마주치는 사람들에게 보통 때보다 더욱 상냥하게 미소를 보내며

하루를 지내고 있다. 가게에 남자만 들어와도, 혹시 저 사람?

누군가 가게 앞을 지나가며 힐끗 바라봐도,

이웃 가게 남자가 수줍게 미소 지어도…….

몇 번 본 듯한 남자 손님이 와서 오랫동안 작품을 보고 있으면,

어떤 고백을 하려고 그렇게 뜸을 들이시나!

전혀 내 취향이 아닌 남자를 보면, 앗! 저 사람이면 어떡하지?

뭐라고 답을 하나…….

그 꽃을 보낸 사람이 누군지 알기 전까지

나의 야무진 상상 속 사랑은 눈덩이만큼 불어나고 있었다.

…….

수많은 추측과 억측으로 어느덧 장미꽃은 시들어 고개를 떨구고 말았다.

아름답던 모습은 어디론가 사라지고 마르고 탈색되어

안타깝지만 쓰레기통으로 던져질 수밖에 없는 나의 장미꽃!

달콤한 꿈속에서 뭔가 손에 잡히지 않아 허우적거리고 있다가

깨어난 그 순간, 꽃을 보낸 주인공이 등장했다.

스물일곱 살이나 차이가 나는 까마득히 어린 동생이었다.

처음에 만났을 때 나를 보고 '아줌마'라고 부르던,

우리 가게에 액자를 만들어 납품하던 공방의 직원이었다.

"누나라고 불러! 아줌마가 뭐냐?"

그래서 누나와 동생으로 부르기로 한 그 친구.

어머니가 일찍 돌아가시고 아버지하고 어렵게 살고 있다는 얘기를 들었는데,

언젠가 이사를 한다고 해서 마침 나에게 있던 전기온수기를 줬던 적이 있다.

그것이 고맙기도 하고 남들처럼 꽃바구니 보내는 걸 꼭 한번 해보고

싶었다면서 무덤덤한 표정으로, "누나! 그때 그 꽃 받으셨어요?" 한다.

으이그! 차라리 밝히지 말았더라면……

그래도 덕분에 열흘 동안 영화를 찍었다.

영화 제목은 '꽃바구니 속으로 사라진 남자들!' •

• 두 손에는 어김없이 쇼핑백이 들려 있다.

작업실에 올 때면 밑반찬부터 간식거리까지 바리바리 싸 가지고 오는 오랜 친구. 작업할 게 많을 때 도움을 청하면 언제 어느 곳이라도 밝은 표정으로 달려와 주는 한결같은 마음을 지닌 친구다.

마음껏 속내를 드러내도 부끄럽지 않은, 때로는 언니 같고 엄마 같기도 한 그런 친구가 있다는 것이 행복하다.

내 작업을 전폭적으로 지지해 주고 자랑스럽게 여겨 주는 그 응원이 지금 나를 여기 있게 한다. 야무지고 꼼꼼한 성격을 닮은 빠른 손놀림으로 일의 끝맺음도 깔끔하게 잘도 한다. 무슨 일이든지 즐기면서 재밌게 하니 도움을 청한 사람도 미안함이 덜하다.

그뿐인가? 웃고 떠드는 동안 우리의 돈독한 우정을 다시금 확인하게 된다. 참 많은 도움을 받았는데도 고맙다는 표현 한 번 제대로 못하는 나는 주변머리 꽤나 없다.

친구란, 바보 같은 모습까지도 가슴 한켠에 품어 주면서 힘든 시간을 서로 지켜 주는, 우리가 신에게서 받은 가장 귀한 선물이 아닐까. •

• 두말없이 꿋꿋하게

가게를 지키고 있는 사람은 내 친언니다.

별의별 일들로 부대끼게 되는 틈바구니에서도

불만 한 번 제대로 표현하지 못하고 그렇게 수양이랄까,

도를 닦아 경지에 오른 듯 초연하게 자리를 지키고 있다.

동생의 작가 기질이 어떤 것인지 알기까지에도 시간이 필요했을 것이고

그걸 이해하며 지켜보는 것은 더욱 힘들었으리라.

동생이니까 하며 참아 낸 순간도 적지 않았을 테고.

가족이라 더 견딜 수 없는 것이 많다고들 하는데 언니는 참 무던하기도 하다.

우리를 보고 신기해하는 사람도 많다. 어떻게 자매가 같이 일을 하냐고.

그만큼 가족끼리 무얼 한다는 게 쉬운 일만은 아닌가 보다.

서로 양보하고 넓게 보면서 이해하지 않으면, 남보다 더 힘들 수도 있다.

누가 뭐라 해도 나는 언니를 언니이기 이전에 같은 여자로서

동료이자 친구며 우리 두 사람이 처한 시간들을 함께하는 동반자로 생각한다.

서로가 살아온 세월을 잘 알기에 무슨 일에건 발 벗고 나서서

끝없이 응원군이 되어 주는, 이 세상에 둘도 없는 동반자! •

• 사람들은 무엇이든지 만져 보기를 좋아한다.

만지다 못해 손톱으로 긁어 보는 사람, 두드려 보는 사람, 문질러 보는 사람,

침을 바르는 사람, 만들어 놓은 시계의 바늘을 빼보는 사람까지…….

그래서,

"만지지 마세요"
"제발 눈으로만 보세요"
"만지면 큰일 나요"와 같은 문구를

써놓는 것이다. •

• 어울리지 않게 타이어 회사를 드나들며 작업했던 적이 있다.

깔끔한 옷차림의 노신사 한 분이 가게로 들어선 게 인연이 되었다.

타이어 회사를 삼 대째 이어가고 계신 분인데
사무실 실내 간판을 하고 싶다고 하셨다.

신선함을 넘어 나조차도 언뜻 설득이 되지 않았다.

기계적이고 삭막할 것 같은 느낌의 타이어 회사에

수공예 냄새가 물씬 풍기는 간판이라……. 잦은 해외출장에

어느 정도 연세도 있으니, 안목도 꽤 높고 은근히 까다로운 듯도 하고.

글쎄……!

많은 대화를 나눈 끝에 제작을 결심했다.

일상적인 작업이 아닌 만큼 스스로를 격려해 가며 나름대로 최선을 다했다.

회사의 이미지도 살리고 내 분위기도 한껏 살려 완성했다.

다행히도 흡족한 반응이다. 인사동이라는 공간을 매개로 맺어진 인연이

이렇게 또 나를 한 뼘 더 성장시켰다. •

• 그 사람은 늘 보따리를 싼다.

세상과 타협을 잘 못해서 못마땅한 것이 한두 가지가 아닌 듯하다. 잘 견디나 싶으면 어느 날 갑자기 어디론가 휙~ 떠나 버린다.

그 사람은 놀라울 정도로 사진을 잘 찍는, 아날로그만 고집하는 사진작가다. 스케일이 큰 작업을 주로 하는데, 지인을 통해 알게 된 인연으로 소품인 내 작품의 사진을 가끔 찍어 준다.

순간을 잡아내야 하는데다, 날씨에 따라 조금씩 다른 작품이 나오기 때문에 여간 예민하지 않고는 하기 힘든 게 사진 작업이라는 생각이 든다. 그는 자신만이 잡아낼 수 있는 빛이 있는 듯, 빛과 교감하는 사물을 잘 표현해 낸다.

어린 시절 라흐마니노프의 음악과 니콜라이 베르자예프의 사상에 심취하면서 광활한 대지 위에 인생을 표현하고 싶은 강한 열망을 느껴 사진작가의 길을 걷게 되었다는 그.

그래서일까. 그 사람의 스튜디오에서는 훼손되지 않은 자연 그대로를 담은 작품들이 많이 눈에 띈다. 자신의 시선이 카메라를 통해 작품으로 태어나 사람들에게 감동을 줄 때, 갈증이 조금이나마 해소되는 것일까. 자기 작품에 대한 이야기를 할 때면 어린아이처럼 행복한 얼굴이 된다. 그런데 보통 때는 말수도 적고 잘 웃지도 않아 대부분의 사람들은 그 사람을 보면 무서워한다.

그래서 그 사람의 얼굴을 예쁘게 그려 선물했다.

사진에 대한 열정만큼이나 그의 내면에서 따스하게 흐르고 있을 밝고 부드러운 빛을 끌어내라고…… •

• 캐주얼한 차림이지만 연세 지긋해 보이는 남자분이 날카로운 눈길로
작품을 감상하고 있다.

"차 한 잔 드릴까요?"

우리를 돌아보며, 기다렸다는 듯이 "감사합니다. 한 잔 주세요" 하신다.

인사동 입구에 있는 커피숍에서 누군가를 만나기로 했는데,

약속 시간을 지키지 않아 화가 나서 나와 버렸단다. 누구와의 약속이건

10분도 기다리지 않는다며, 목소리에는 아직도 역정이 섞여 있다.

약속 시간을 지키지 않는 것은 남의 귀한 시간을 빼앗는 것이라고

얼굴을 붉히면서까지 흥분을 감추지 못하신다.

약속이란 그만큼 중요한 거라는 데 공감하면서도,

뭔가 사정 때문에 급히 뛰어와서 지금 막 도착했을 수도 있는

누군가를 생각하면 안타깝기도 하다.

이런 마음은 시간을 다투며 긴박하게 돌아가는 중요한 업무가 오가는

약속을 자주 접해 보지 못한 나의 느긋함에서 나오는 건지도 모르겠다.

나는 혹 약속 시간에 상대가 늦게 온다 해도 지금 이 장소와 이 시간이

나에게 허락된 일종의 유일한 무엇이라 생각하며 책을 보거나 메모도 하고,

색다른 체험을 하며 즐기는 편이다.

뜨거운 차 한 잔과 가게 안에 흐르는 클래식 음악에 그분의 마음이

풀렸는지, 자신이 원로화가임을 밝히면서 이야기는 어느새

가난했던 프랑스 유학 시절로 거슬러 올라간다.

여름보다는 겨울이 더 괴로웠단다.

춥고 배고프니 쓰레기를 뒤져 끼니를 때우고, 큼직한 그네들의

쓰레기통 속에 들어가서 자면 춥지도 않고 좋았다고 한다.

그렇게 힘들게 공부하다 알게 된 갤러리 관장의 추천으로

전시회에 한 작품을 걸게 되었는데, 어느 귀부인이 그분의 작품 앞에서

하염없이 울고 있었단다. 한참을 그러고 있어 까닭을 묻자,

미술품 수집가라는 그 부인은 오랫동안 좋아하는 작품을 사서 모으다 보니

그림을 보면 작가의 감성은 물론 고뇌까지도 느낄 수 있을 정도가

되었다고 한다. 화가가 얼마나 고생스럽게 이 작품을 완성했는지,

그 처절한 외로움이 느껴져서 눈물이 나는 것이라고 했단다.

그때 그분은 너무도 놀랐다고 한다. 그런데 오늘 내 작품을 보면서

그 귀부인의 느낌을 좀 알 수 있을 것 같다고 하신다.

쉽지만은 않았을 노고가 엿보인다고, "참 열심히 했군요" 하신다.

내 작품에 대해 이런 식의 평가는 처음이다.

아무도 모르게 혼자 겪는 그 치열한 몸부림을 누군가 알아준다는 것이

얼마나 큰 힘이 되는지 경험한 사람들은 알 것이다.

예술가는 이삼백 년 후까지 생각해 작품을 만들어야 한다는

그분의 조언을 떠올리며 새로운 도전을 다짐해 본다. ●

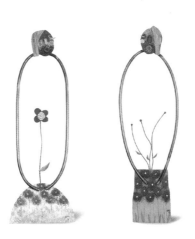

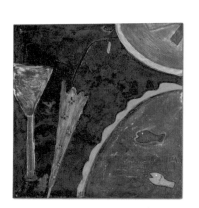

• 내 작품을 사 간 사람 중에는 이런 사람도 있다.

팔고 싶지 않을 정도로 가격을 깎는 사람.

며칠을 졸라 할 수 없이 팔았더니

한 달에 한 번 정도 가게에 온다.

내가 유명해져야 그림 값이 오른다면서…….

헉……!…!

내가 얼마나 유명해졌나 확인 차 오는 그 사람.

그때는 얼마나 짜증이 나고 밉던지.

지금 생각하면 얼마나 순진한 아저씨인가 싶어 웃음이 난다.

그 아저씨 때문에라도 유명해지고 싶다. •

• 동화 속 주인공이 막 세상 밖으로 걸어 나와

머플러를 바람에 날리며 가게에 들어선다.

내가 제일 좋아하는 동화 작가 선생님이다.

그의 멋스러운 옷차림과 낭랑한 목소리에

조용히 가라앉아 있던 작은 공간의 분위기가 금세 환하게 바뀐다.

새로 만들어 놓은 작품이라도 발견하면

내 볼이 발그레해질 정도로 극찬을 아끼지 않으니

바람 빠진 풍선 같던 나는 어느새 빵빵한 희망을 찾게 된다.

인생에 풀지 못하는 숙제가 있을 땐 언제든 달려가

어리광을 부릴 수 있는 나의 영원한 상담자이자

든든한 지원군이다. •

• 현재 법적인 문제에 걸려 있는

큰 프로젝트가 있는데

그것만 풀리면 곧 일이 시작된다고 했다.

그렇게 되면 우리 가게도 동참하여 바쁘게 일하게 될 거라고.

양평에서 카페를 하는 분인데, 적동赤銅의 느낌을 워낙 좋아해서

카페의 많은 부분을 내 작품으로 장식했으면서도

동으로 만들고 싶어 하는 아이템이 아직도 많다.

경기가 침체되어 경제적으로 힘들 때 그분께 전화를 걸어

"그 일은 언제쯤 해결되나요?"라고 물으면,

"한 달쯤 후에는 해결될 겁니다. 조금만 기다려 보세요" 하셨다.

전화기 건너편으로 들리는 당당한 그분 목소리에

언니와 나는 적잖이 위로를 받기도 한다.

잘되기만 하면 서로에게 좋은 일이니…….

그분은 항상 바쁘다.

법적인 서류를 꾸미는 일도 많아서 어쩌다 오시면 서류가방이 빵빵하다.

우리는 잘 알아듣지도 못하는 법적인 얘기들을 쏟아 놓는다.

누가 봐도 선하고 바르게 살아온 분인데, 무슨 일에 휘말렸는지 사람들을

믿지 못해 누구의 도움도 받지 않고 혼자 나서서 법적 절차를 밟고 있었다.

법률 용어를 쓰는 것도 어울리지 않을뿐더러,

그분의 성품으로 보아 소송으로 뭔가를 이루어 낼 수 있을 만큼

냉정하지도 못한 것 같은데 백 퍼센트 된다는 것이다.

시간은 그렇게 흘러가고,

"언제쯤이오?"에 대한 답이 한 달 후에서 일주일 후로 바뀌더니

내일쯤이면 해결된다며 목소리까지 떨렸다.

'곧 뭐가 시작되려나?'

그렇게 지금까지 십여 년의 세월이 가고 있는데, 야속하게도 그 법적인 문제는

아직도 진행형이다. 지난번에 해결되지 않은 것에는 그만한 이유가 있었고,

다음번엔 잘될 것이 분명하단다.

지치지도 않는 그분은 어느덧 육십 중반을 넘어서고 있다.

기약도 없는 희망을 끌어안고 오늘보다는

내일을 기대하며 사는 그분의 삶이 남의 일로만 여겨지지 않는 것은

언제나 큰 행운을 꿈꾸는 숨겨진 나를 보는 듯해서일 거다. •

- ## 곤니찌와!

일본인 특유의 애교 섞인 목소리의 주인공은

나의 일본어 선생 가오루다.

인형 작가인데 도자로 인형 얼굴을 구워 옷을 만들어 입힌다.

주로 일본 인형을 만들지만 한복 짓는 것도 배워

한복 입은 인형을 만들어 전시하기도 하면서 즐거워한다.

그녀는 한복의 아름다움에 반했을 뿐만 아니라

남편이 한국 사람이어서인지 한국말을 너무 잘한다.

나의 일본어 실력이 늘지 않는 이유다.

가게에서 일주일에 두 번씩 일본어를 배웠다.

판매 현장에서 필요한 실용적인 말들에 한정되긴 했지만…….

일본어는 목소리를 한 톤 높여 약간 오버를 해야

더 설득력이 있는 것 같다.

아직도 나는 참 서툴다.

한글에는 아름다운 표현이 아주 많다며

한국을 정말 사랑하는 그 여인은

언어의 차이를 넘어 마음이 오가는 대화를 나눌 수 있는

소중한 사람이다. •

* 햇볕에 까맣게 그을린 얼굴에 컬러풀한 의상을 입고

활짝 웃으며 가게로 들어서는 분은

다름 아닌 자칭 할머니 화가다.

평창의 폐교를 화실로 개조해서 주로 서양화를 그리신다.

그림만으로는 먹고살기 힘들다며 고추 농사도 지으신다.

살이 찔 틈도 없겠지만 깡마른 체구로 농사짓기가 왠지 벅차 보여도

정작 그분은 언제나 자신만만, 씩씩하기 그지없으시다.

가끔은 고생하는 자신에게 선물한다며 귀걸이와 반지를 주문하신다.

자연을 소재로 한 꽃과 나비와 나무…….

디자인은 알아서 하라고 맡기고.

완성되어 전화를 드리면 농사지어 번 돈을 내고 흔쾌히 찾아가신다.

작업실이 넓어 같이 써도 좋겠다고 하셔서 들른 적이 있는데

우리를 마주 대하고 이야기할 시간도 없이 바쁘시다.

고추는 뜨거운 볕을 받으면서 말라야 맛이 좋다고

지붕에까지 널어 말리신다.

비라도 오면 뛰어가 걷고, 비가 그치면 또 널고…….

휴~ 보고만 있어도 가슴이 아리다. 그래도 강단이 있으셔서

잽싸게 휙휙 날아다닌다. 겨울이면 좀 한가하시려나?

그분의 모습이 어머니의 흑백사진처럼 가슴 한구석에 아련히 남아 있다. •

열등감은 비교함에서 생긴다.

주위를 둘러보면

어찌 그리 훌륭한 작자들이 많은지……,

스스로를 위로하지 않고서는

바로 설 수가 없다.

이 세상에 너같이 특별한 존재가 어디 있어?

오늘도 힘내!

• 속마음은 어린아이 같아서 상처 잘 받는 성격이면서도 겉모습은 장난기로 가득하다. 나의 든든한 지원군인 그 여인이 아이처럼 웃으며 가게에 들어선다.

그동안 내가 얼마나 작업을 열심히 했는지 점검이라도 하듯이, 작품을 꼼꼼히 살펴보며 손가락으로 짚어 가면서 새로 만든 것들을 찾아내어 "new!"라고 소리친다.

새로운 작품이 몇 점 안 되면 "작가가 게으름을 떨고 있었군!" 하며 짓궂은 표정으로 눈을 치켜뜬다.

"으이그! 시어머니 또 등장하셨네……."

객쩍은 응수를 보내면서도 게으름을 들켜 좀 민망하기도 하다.

'이러니, 내가 열심히 안 할 수가 있나!'

인사동 분위기에 딱 어울리는 전통 음식점을 하는 그 여인은 선물할 때마다 달려와 작품을 구입해 가고, 친구들을 데리고 와서 팔아 주기도 하고, 친언니를 부추겨 작품을 사게 만드는, 누가 시켜도 못할 그런 적극성으로 나를 위해 발 벗고 나선다.

내가 힘겨워할 때마다 힘을 실어 주는 그 여인이 하고자 하는 일에 온 마음을 바쳐 최선을 다하는 모습을 보면서 누구나 자신의 인생에서 주인공이 되어야 할 의무와 책임이 있다는 생각이 들곤 한다. 꿈은 잠자고 있는 동안 꾸지만 열심히 움직일 때 이루어진단다. •

• 과묵해 보이지만 어느 구석엔가 장난꾸러기 같은 모습이 엿보이는

남자 어른이 가게 문을 열고 들어선다.

미국에 있는 딸에게 선물할 거라면서 작품 몇 가지를 골라 놓는다.

딸네 집에 초대되는 유명한 미국 사람들이

이 작품을 보고 환호하겠느냐는, 으름장 비슷한 농담을 하면서

선물 포장을 해 가지고 가신다.

얼마 지나지 않아 다시 가게를 찾는다.

작품 몇 점을 또 사 가는 걸 보면 반응이 그다지 나쁘지는 않았나 보다.

그 후로도 잊을 만하면 오신다. 딸들에게 선물하는 게 취미인 것이다.

어느새 친근감을 느낀 나는 조금 당돌하게 부탁을 한다.

"선생님, 명함 한 장 주세요!"

선뜻 내민 하얀 종이 명함에는 하얗게 손바닥 모양만 기계로 눌러져

있을 뿐, 어떤 글자도 어떤 표시도 되어 있지 않다.

의아해하는 나를 보고 웃으며 백수 명함이란다.

"내가 백수거든요."

"하하하." 다 같이 웃었다. 재밌는 발상이다. 친구들이 부러워해서

이 친구 저 친구에게 똑같은 명함을 만들어 주었다고 한다.

그 후, 과묵한 그분의 별명은 '백수 아저씨'가 되었다. •

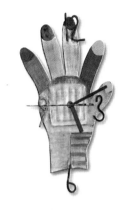

• 옛집 울타리 곁에 심어 둔 든든한 나무처럼

언제나 나를 지켜 주는 친구가 있다.

조용한 오지랖이라고나 할까? 매사 요란하지는 않아도

주위에서 벌어지는 일들에 마음을 쓰느라 눈코 뜰 새 없이 늘 바쁘다.

나이 들어 주름이 생기는 제 얼굴 가꾸기에는 신경 쓰지 않아도

주변 사람들에게 걱정거리가 있다고 하면 궂은일도 마다 않고

달려간다. 넉넉지 못한 형편인데도 심지어 경제적인 도움까지 주고 싶어

전전긍긍한다. 심성이 고와서 남의 어려운 꼴을 잘 못 보기 때문이다.

누군가를 도와줘야 직성이 풀리는, 누구도 못 말리는 성격이다.

이런 친구가 재벌이 되었어야 한다. 도와주고 싶은 사람이 하도 많으니.

그런데 모르겠다. 만약 그 친구가 재벌이 되었다면

그토록 다른 사람들에게 헌신적인 마음이 변치 않을 수 있었을까?

돈이 많아지면 사람이 변한다고 하는데

그렇다면 나도 한번쯤 돈이 많아 봤으면 좋겠다.

내가 어떻게 변하는지 좀 보게……. 그런데 정말 변하긴 변할 것 같다.

아무래도 마음의 여유가 생길 것이고, 예전에 궁상을 떠느라

사지 못했던 것들도 쉽게 가질 수 있으니 물건들이 그렇게 귀한 느낌도

없을 거고, 무엇보다 작업에 그렇게까지 목숨 걸지 않게 될 것이니,

가난한 시절의 마음을 고스란히 간직하기는 어려울 듯하다.

궁리 끝에 내린 결론…….

현재의 내 모습으로 그냥 살기로 하자.

내 친구는 나를 가만 놓아 두질 않는다.

어디가 아프다면 손 잡아 병원에 끌고 가고, 어디엔가 외출해 있어도

당장 자기네 집으로 오라고 해서 이것저것 맛난 걸 해 먹인다.

그뿐이 아니다. 식사가 끝나기도 전에 냉장고를 열어

반찬을 주섬주섬 싸고, 동생들이 미국에서 보내 준 화장품이며

몸에 좋다는 약까지 한 보따리를 싸서 내 손에 들려 보내야 마음을 놓는다.

꼭 가진 것이 많아야 나눌 수 있는 게 아니라는 것을 그 친구를 보면

알 수 있다. 작은 것이나마 자신이 가진 것들을 통해 나눔을 실천하는

정감 어린 그 모습을 나도 닮고 싶다. •

• 호텔을 오픈하면서 우리 가게에 수시로 들러 여러 작품을 구입해 간 일본인이 있다.

내가 직접 작품을 만든다는 것을 알고는 어느 정도 기간을 두고 새로운 작품이 완성될 무렵 다시 들를 만큼 사려 깊은 사람이다.

여러 점을 한꺼번에 구매하기에 뭘 하는 사람인가 했더니 명함을 건네주면서 호텔을 꾸미고 있다고 했다.

의사소통이 완벽하게 되는 게 아니어서 어떤 사람인지 잘 안다고 할 수는 없지만 항상 유쾌하고, 일본인답게 일단 신뢰가 생기니 깔끔하게 거래를 한다고 해야 할까? 상대를 전혀 피곤하게 하질 않는다.

가족도 친구도, 심지어 같은 나라 사람이 아니어도 작품을 통해 교감하며 작은 기쁨을 느끼는 것이 가게를 하는 보람인 듯하다.

옷차림이나 행동에서도 센스가 엿보였던 그 일본인이 호텔을 어떻게 꾸며 놨을지 지금도 궁금하다. •

우리는 동행이다.

마주 보고 수다를 떨기보다는

앞에 보이는 풍광을 따라

함께 가는.

시시콜콜한 말보다는

알 수 없는 깊은 곳에서의 신뢰.

가끔 혼돈이 온다 해도

금방 추스리고 함께 갈 수 있는 친구,

영원한 친구다.

• 워낙 예의가 바르고 깍듯해서 만날 때마다 유쾌한 목소리로

"안녕하세요? 김 선생님!"하며

90도로 허리를 굽혀 인사하는 건축가가 있다.

그의 인사가 황송해서 나도 덩달아 머리를 숙이게 된다.

모자를 푹 눌러쓰는 걸 좋아해 얼핏 보기엔 무언가 고뇌하는 듯

심각해 보이기도 하지만, 알고 보면 속이 깊고 정도 많은 밝은 성격이다.

매사를 긍정적으로 바라보기 때문에 함께 대화를 나누다 보면

풀지 못했던 인생의 질문에 대한 답을 얻게 되는 경우가 많다.

어쩌다가 그의 현명함에 찬탄의 표정을 지어 보이면, 지금까지

겪어 온 우여곡절들이 오히려 선물로 삶의 지혜를 주었다며

자신의 힘으로 된 것이 아니라고 겸손하게 말한다.

내적으로 여유롭다고 할까. 세찬 비바람을 견디어 온 나무가

더욱 옹골찬 속살을 갖게 되는 것처럼, 웬만한 일에는

끄떡도 하지 않고 세상을 향해 용감히 걸어가는 강인함도 부럽다.

그래서인지 그의 건축물에서는 따뜻함이 묻어난다.

자연과 가까운, 마치 고향 같은 느낌이 있다.

새로운 건축물이 완성되면 어김없이 나를 돕고자 나선다.

클라이언트의 취향도 다양하기 때문에 그 사람은 나의 작품을

건축주에게 직접 소개한다. 내 작품이 당당한 모습으로

제자리를 잡을 기회를 주려는 배려인 것이다.

수많은 사람들이 서로 부대끼며 걸어가는 형형색색의 인사동 거리에서

나는 이렇게 또 하나의 고마운 인연을 만들어 간다. •

● 아무도 모르게 불로초를 드시는지

언제 뵈어도 똑같은 모습이다.

그냥 보기만 해도 강하면서도 부드러운 힘이 느껴지는 그분은

주로 금을 소재로 모던한 디자인의 장신구를 만드는

센스 있는 작가다. 삶이 그렇게 녹록치만은 않은데도,

툭툭 털어 내는 배짱이 그분의 매력이다.

하찮은 것에 연연해하지 않고 오늘보다는 내일을 향해

힘차게 살아가는 모습에 주위 사람들도 덩달아 힘을 얻는다.

그런 긍정의 마음과 활기찬 성격에

세월도 비껴 가는 것은 아닐까.

내가 새 작품을 만들어 놓을 때마다 몇 점씩

기분 좋게 사 가지고 가신다. 무척 맘에 든다고 하시면서……

나를 돕고자 하는 마음이 있어 더 그러시는 거다.

나보다 나를 더 걱정해 주시는 그 마음을 알기에 늘 감사할 뿐이다. ●

• 가게를 하면서 만난 친구 가운데
유달리 가슴 쩡한 사연을 갖고 있는 여인이 있다.
남편의 사업 실패로 평탄했던 삶이 곤두박질치게 되면서
우여곡절 끝에 지인의 도움을 받아 비엔나로 건너가 정착한 지
벌써 8년. 한국에 있을 때 나눈 정이 하도 진해서 그런지
멀리 있어도 곁에 있는 듯 애틋하다.
우리 가게를 도피처로 빚쟁이들을 피해 매일 아침 출근하듯 왔었다.
같이 울고 웃으며 더욱 두터운 우정이 생겨나기도 했지만,
사람인지라 바쁘고 고단할 때는 내 한 몸 가누기도 힘든데
옆에 나보다 더 힘든 누군가가 있다는 사실만으로도 지칠 때가
한두 번이 아니었다. 그 친구 역시 감당하기 어려운 무게를
짊어진 것뿐이라는 것을 알면서도, 지친 감정을
스스로 다독일 만한 큰 그릇을 갖지 못한 나는 끝내 얼굴을 붉혀
그 친구를 슬프게 한 적도 많았다.
지나고 보니 참 짧은 시간이었는데 그 상황에서는 왜 그렇게
그 시간이 길고 지루하게 여겨지던지, 참된 인간의 모습을 갖기에는
역부족이었다.
그때 우리가 만나서 할 수 있었던 것이라고는,
현실은 슬프지만 새날의 희망을 붙잡자고 다짐하는 것, 나중에 지금을
돌이켜 보면서 '우리에게 꼭 필요한 시간이었구나' 하며 웃을 날이
꼭 올 거라고, 이 시간을 견디어 내자고 함께 파이팅을 외치며
주먹을 쥐어 보이기를 반복하면서……

그렇게 세월은 갔고 지금 우리는 웃으며 지난 시간들을
이야기하고 있다. 상황이 몇 배로 좋아진 것은 아니어도
비온 뒤에 땅이 굳어지는 것처럼, 웬만한 일들은 이겨 낼 수 있는
단단한 마음이 생긴 것이다.

얼마 전에 다녀간 그 친구는 예전보다 더 밝고 환한 표정이었다.
여전히 고단한 현실을 초연한 듯 담담히 받아들이며
물질보다는 건강하게 살아 있음이 감사하다고 말하는 그 친구가
어느 때보다 크게 보였다.

생각해 보면 우리가 살면서 겪어 내는 일들을 통해 나무의 나이테가
겹겹이 생기며 단단해지는 것처럼 각자 나름대로 살아가는 방법을
터득하며 초연함과 담담함을 선물로 받는 것인지도 모른다.

지금 바로 이곳에서의 시간을 소중히 여기며 용기 있게 살아가는
자랑스러운 그 친구를 향해 조용하지만 힘찬 박수를 보낸다. •

- 알고 지내던 인테리어 디자이너의 소개로 만난 이가 있다.

자그마한 키에 딩찬 모습의 그 사람은 여러 개의 호텔을 소유한 사업가다.

돈을 버는 데 일가견이 있다는 게 주위 사람들의 이야기다.

대화를 나누다 보니 예술적 감각도 있어서 취미로 그림도 그리고 시도 쓰는, 부드러운 감성의 소유자다. 분당에 작지만 고급스런 호텔을 하나 더 짓게 되면서 몇몇 디자이너들이 모였다. 수익도 중요하지만 다른 곳과 차별화된 멋진 호텔을 지어 자신은 물론이고 고객의 만족도를 높이고 싶다는 사업 계획이 있었다. 작은 규모의 호텔이지만 조명과 인테리어를 64개의 방마다 전부 다르게 디자인하고, 외벽과 내부 바닥은 수입 대리석으로 마감한단다. 객실에는 야생초를 심어 항상 쾌적한 분위기를 유지할 것이라고도 한다.

나로서는 다른 세상의 이야기를 듣고 있는 듯 신기하기만 하다.

나에게 맡겨진 일은 방마다 걸 각각 다른 그림 한 점씩과 동으로 만든 옷걸이 64개, 입구와 복도에 걸 큰 그림 여섯 점. 시간이 촉박하지는 않았지만 주문받은 것들을 약속된 날짜에 그곳의 분위기를 감안해서 그려야 한다는 것은 머리가 굳을 정도로 부담감이 큰 작업이다.

그때는 작업실이 구파발에 있었는데 산골에 와 있는 듯 외진 곳이어서 마치 유배지에 귀양 온 사람처럼 한동안 꼼짝 않고 작업에만 전념했다.

그런데 그렇게 작업에 몰두해 있을 때는 어디선가 알 수 없는 힘이 솟아난다. 무리 없이 완성된 나의 작품들은 약속된 날짜에 호텔 벽에 걸리면서 내 곁을 떠났다. 일하는 즐거움도 컸지만, 예술 감각이 뛰어난 사장님과 디자이너들과 자주 만나 담소를 나누며 친분을 갖게 된 그 시간이 나에게는 건강한 활력이 되었다. 같이 일하면서 비슷한 감성을 가지고 서로 소통할 수 있다는 것은 큰 행운이다. •

• 개성 강한 화려한 옷차림의 여인이 가게로 들어서며 눈인사를 한다.

홍대 앞에 갤러리를 오픈하는데 간판이 필요해 관장이 직접 나선 것이다.

'인사동에 가면 해줄 만한 곳이 있을 것이다' 하고 무작정 왔다가

우리 가게를 발견하게 되었단다.

내 작품을 보면서 이런저런 이야기를 나누다가

자신이 원하는 느낌을 알아서 해줄 것 같다며

간판을 주문한다.

다음 날 나는 간판이 걸릴 건물과 주변 분위기를 보기 위해

홍대 앞으로 갔다.

내후성 강판을 주로 사용하는 건축가가 디자인한 건물로

아래층에는 주차장과 카페가 있고

계단을 밖으로 노출시킨 2층에 갤러리가 있었다.

녹슨 느낌의 외벽을 감안해 간판은 청록의 느낌을 살려 만들자는 데

의견이 모아져 사각형 모양으로 입간판을 만들어서

출입구 한쪽 벽면에 설치하였다.

작업하는 과정에서 갤러리의 콘셉트에 대한 이야기를 듣게 되었다.

점심시간에는 감상자들을 위해 직접 잡곡밥을 지어 도시락을

준비할 거라고 한다. 성의도 있어 보이고 감상자들도 즐거울 것 같다.

한쪽 공간에는 아트숍도 만들 것인데, 젊은 작가들에게도

기회를 많이 주고 공익 사업에도 기여하겠단다.

사업 구상이 구체적이면서도 품이 크다.

이런 마인드의 갤러리가 많이 생겨 어려운 환경의 작가들이

좋은 기회를 갖고 그것을 발판으로 자유롭게 창작에

몰두할 수 있으면 하는 바람을 가져본다.

처음 본 느낌과 빼어난 말솜씨부터가 예사롭지 않더니만,

개성이 넘치는 관장님은 대화 속에서도 그 열정과 자신감이 남다르다.

드디어 오프닝!

원로 사진작가의 작품을 전시하면서 많은 사람이 초대되어 유명인들도

눈에 띈다. 예쁜 보자기에 싼 도시락을 하나씩 나눠 주는데

중앙 테이블에는 와인과 음료수가 놓여 있다.

식사하며 담소를 나누는 사람들의 모습이

마치 작품과 함께 전시된 듯 보기 좋았다.　•

• 외국인 회사에 다니는 여직원이 미국에서 파견 근무 나온 남자 직원과 함께 인사동에 자주 오는데, 우리 가게에 와서 작품도 보고 서로 말을 가르쳐 주면서 즐거워한다.

외국인이 서툰 우리말을 더듬더듬 따라하는 것이 내 눈에는 재밌어 보인다.

뭐든지 특이한 걸 좋아하는 남자는 이것저것 주문해서 여직원에게 선물도 하고, 처음 왔을 때보다는 서로를 대하는 것이 자연스러워 점점 친해지고 있음을 느낄 수 있었다. 시간이 갈수록 남자는 한국말을 제법 잘하게 되어 나중에는 우리와의 대화에서도 불편함이 없다. 그러더니 한동안 두 사람을 통 볼 수가 없다. 그리고 어느 날, 둘이 나란히 손을 잡고 와서 90도로 허리를 굽혀 인사를 한다. 결혼을 한 것이다.

예의가 바른 두 사람, 특히 남자는 늘 웃는 얼굴이라 보기만 해도 기분이 좋아진다. 그러고 보니까 둘이 얼굴도 닮아 보인다. 천생연분인 것 같다. 아주 잘 어울려서 좋은 가정을 이루게 될 것이라는 덕담과 함께 축하의 마음을 전했다.

남편을 따라 미국 본사로 가게 된 여자가 결혼한 지 2년쯤 지나서인가 아빠를 쏙 빼닮은 아이를 안고 다시 가게에 들렀다.

턱없이 작은 공간이지만 이 안에서 재미있는 인연의 싹이 자라고 어여쁜 생명으로 이어지는 것까지 지켜보노라면 참으로 삶은 살아볼 만한 것이다. •

• 세무서 하면
왠지 유쾌하게 느껴지지 않는다.

종로세무서에서 몇 가지 절차를 거쳐 사업자등록증을 받았다.

위치를 자세히 물어보던 직원은 언제 한번 방문하겠노라고 했다.

사업장이 그곳에 있는 게 사실인지 확인차 오겠다는 뜻으로 여기며

시간 낭비라는 생각을 했다.

'어쩌다 못 믿을 세상이 되어 그런 확인까지 하러 다니다니……'

일주일쯤 지났을까?

남자 한 명이 들어와 작품을 쭈욱~ 둘러본다. 감상자들이 많다 보니

그중에 한 명이려니 했는데, 살가운 미소를 지으며

세무서에서 왔다고 한다. 겉으로는 상냥하게 인사하면서 속으로는

'그것 봐! 여기 있는 게 확실하지?' 했다.

그런데 예상치 못한 일이 벌어졌다.

작품 두 점을 고르더니 구입하겠다는 것이다.

'아니! 이걸 선물로 달라는 거야? 뭐야?'

포장을 하면서 머릿속에서는 수많은 생각이 왔다갔다 했다.

가게 하는 사람들에게서 세무서에 대해 주워들은 얘기만 해도

얼마나 많은데…… 내 소심한 번뇌를 읽기라도 한 것일까.

그 사람은 돈을 선뜻 내놓는다.

작품 아래 붙여 놓은 가격표대로…….

"어떡하죠? 돈을 받기가 좀~."

"무슨 말씀이에요. 당연히 받으셔야죠. 이 귀한 걸 파시기도

아까울 텐데요. 제가 더 감사합니다. 번창하세요!"

예의를 넘어 훈훈한 마음까지 전한 그는 여운을 남기고 황급히 떠났다.

한동안 멍~.

세무서에서 만난 그가 이토록 순수한 감성의 소유자인 것을

몰라보다니…….

그날 그 남자가 남기고 간 상쾌한 여운으로 기분 좋은 하루를 보냈다.

뿌리 깊은 구세대적인 선입견을 가졌던 나 자신이 참 많이 부끄러웠고,

그 이후로는 누군가를 섣불리 판단하지 않으려고 노력하며 살고 있다.

의도한 것은 아니겠지만 그 남자가 내게 값진 가르침을 준 셈이다.　●

- 어떤 남자가 은으로 이쑤시개를 만들고 싶다고 왔다.

그 남자의 별명은 그 후로 쭉~ '이쑤시개'가 되었다.

그 사람 말로는 본인이 환경운동가인데, 나무로 만든 이쑤시개가 환경과 인체에 아주 해롭다는 것이다. (녹말과 옥수수로 만든 이쑤시개가 나오기 전이다.) 제법 많이 필요하다며 디자인도 의논하게 밖에서 만나자고 했다. 우리 가게는 좁아서 좀 그렇다고……. 하긴 너무 좁아서 마주 앉으면 민망해 못 들어오는 남자들도 있기는 하다.

구체적인 계획도 들어볼 겸 만나기로 했다. 약속 장소는 그 사람의 사무실 근처인 어느 호텔 커피숍. 환경운동에 대한 거국적인 이야기를 늘어놓는다. 나는 말주변도 없을뿐더러 항상 바쁘다 보니 일할 때는 대화의 용건을 간단히 하는 것이 좋다. 끝없는 수다에 지쳐 내가 먼저 무슨 계획을 어떻게 가지고 있느냐고 물었더니, 수량은 여러 단체를 통해야 확정되고, 기업에서도 어느 정도 지원을 받아야 하고, 어쩌고저쩌고…….

두루 뭉실 환상에 빠져 떠드는 것을 즐기는 사람처럼 보였다.

아차! 내가 실수를 했구나. 생김새만 보고서…….

일이 구체적으로 되었을 때 연락을 달라고 하면서 일어섰다. 그 후로도 오랫동안 가게에 얼굴만 들여놓고 계속 무언가 지연되고 있다고만 했다. 이미 게임아웃인 것도, 자신의 별명이 이쑤시개인 것도 모른 채 세월은 갔다. ●

한 계 를 인 정 하 려 고   노 력 한 다

어 설 픈   듯   미 흡 한   것 에 도
애 틋 한   매 력 이   있 지   않 을 까

•　지인을 통해 알게 된 여인이 오랫동안 직장생활을 하다가
인사동 초입에 생활한복과 공예품 일부를 곁들인 매장을 오픈하면서
나에게 가게 이름을 부탁했다.

내가 지어 준 이름은 '만드는 손길.'

돌출 간판을 동으로 조그맣게 만들어 출입구 옆, 잘 보이는 곳에
매달았다. 물건을 사기보다는, 어디서 간판을 만들었냐고 묻기 위해
들어오는 사람이 더 많다며 농담 섞인 말로 투덜댄다.

본인의 생각만큼 장사가 잘되는 것은 아닌 모양이다.

직장생활을 하며 감질나게 월급을 받는 사람들은 대부분
자기 사업을 하면 금세 경제적 갈증이 해소되는 줄 아는 경우가 많다.

하지만 가게를 하려면 십 년 정도는 해봐야 안다는 말도 있듯이
이 또한 쉽지 않은 일이다. 물론 아이템에 따라 다를 수도 있겠지만
하루아침에 결과를 얻을 수 있는 일이 어디 그리 많겠는가?

다른 인생사와 마찬가지로 조급한 마음이 득이 될 리 없다.

인내가 필요하다.

살아오면서 곪아 왔던 상처가 그 인내로 치유될 즈음에야 내가 가게를
지키고 있는 시간의 의미를 조금이나마 알게 되는 것 같다. 우리 가게를
눈에 들어 하며 들러 주는 사람들과의 사소하지만 정겨운 만남……
웃음꽃을 피울 수 있는 추억이 있다는 것이 행복하다.　•

- '오래된 이야기'

나의 작품 제목이다.

엽서 액자로 만들어진 이 작품에는 단골 감상자가 한 사람 있다.

보슬비라도 살짝 내리면서 거리가 한산해지는 날이면

어김없이 한 여인이 소리 없이 들어와 그 작품 앞에 서 있다.

내 시야에서는 그녀의 뒷모습만 보이는데도

어깨를 살짝 덮는 굵은 웨이브의 고운 머릿결과

날씬한 몸매에 스커트를 입은 전형적인 아름다운 여인이다.

그녀를 처음 만난 날, 작품 앞에 너무 오랫동안 말없이 서 있어서

말을 걸어 보기로 했다.

"작품이 마음에 드시나요?"

"……."

아무런 반응이 없다.

내 말을 들었을까? 한참 정적이 흘렀다.

그런데 갑자기 무표정으로 작품을 향해
무언가 속삭이듯 독백을 하고 있는 게 아닌가!

순간 심장이 덜컥 내려앉고 온몸의 뼈가 아플 정도로 긴장하고 서서

누군가 들어와 주기만을 기다리고 있었다.

다행히 곧 사람들이 들어와 북적이는 사이에 그녀는 조용히 사라졌다.

두 번째 만남부터는 첫 만남과 다르게 놀라기보다는

측은지심이 생겨 한없이 가엾게만 느껴졌다.

그리고 내 머릿속 단골 고객 리스트에 그녀가 오르게 되었다.

무엇이 그녀의 마음을 다치게 했을까?

내 작품을 보는 것으로 그녀의 마음에 조금이나마 위로가 된다면

기꺼이 자유롭게 감상하게 해주고 싶었다.

유난히 그 작품 앞에서만 독백을 하는 그 여인을 위해

그 그림을 그녀가 좋아하는 그 자리에 항상 걸어 놓았다.

"안녕하세요?" 하고 인사를 해봐도 나를 쳐다보지 않은 채

그 그림 앞으로 가서 대화를 나누듯 있다가

사람들이 들어와 소란스러워지면 조용히 자리를 떠났다.

거의 2년 정도 그렇게 방문했는데 어느 날부턴가 그녀가 보이지 않는다.

무슨 일이 있는 걸까?

어느 샌가 날씨가 흐리기라도 하면 나는 마음속으로 그녀를 기다린다.

아무리 궁금해도 무작정 기다리는 수밖에는…….

작품 제목처럼 그 사람과의 만남은

그렇게 오래된 이야기가 되어 버렸다.　●

- 유명 연예인 중에
결혼이 좀 늦어진 여자 탤런트가 있었다.

지적이고 분위기가 고즈넉하고 연기도 잘해서 남녀노소

누구나 좋아하는 그 여인을 짝사랑하는 남자가

우리 가게에 자주 왔었다. 그녀에게 줄 선물을 사기 위해서다.

무척이나 신중하게 생각을 거듭하며 어렵게 작품을 골라

포장을 해 가곤 했다. 처음에는 누구에게 선물하는지 몰랐는데,

나중에는 천진한 소년처럼 쑥스럽게 도움을 청하는 것이다.

그녀가 어떤 것을 좋아할 것 같은지를…….

"글쎄요. 직접 만나 보신 분이 더 잘 아시겠지요?"

선물을 고르면서도 그 사람은 무척 행복한 표정으로 자못

자랑스러워하기도 했다. 그런데 어느 날 그 탤런트가 다른 사람과

결혼한다는 소식이 매스컴을 타고 대대적으로 보도가 되었다.

그 남자의 사무실이 우리 가게 근처에 있었는데도

한동안은 그를 볼 수 없었다.

오랜만에 지나가는 걸 우연히 보았는데 풀이 완전히 죽어 있었다.

그 연예인과 친분도 있고, 짝사랑이지만 어떤 가능성이 있었던 것만으로도

평소엔 나름대로 어깨에 힘이 들어가 있었는데……. •

• 미국에 살면서 고국이 그리워 경상북도 청송에 한옥 한 채를 사 두고,

시간이 날 때마다 한국에 와서 집을 꾸미는 부부가 있다.

우리 가게에 우연히 들어와 '사랑의 세레나데'라고 이름 지어진 작품을

구입해 갔다. 벽에 걸고 보니 집 분위기에 잘 어울렸던 모양인지

전화가 왔다.

아주 편안하고 정감 있는 목소리로 한 점을 더 보내 달라고…….

"아니! 직접 보시지도 않고요?"

곧 미국으로 돌아가야 하니 정해진 시간 안에 더 많은 공간을 채우고

싶었던가 보다. 비슷한 느낌으로 알아서 보내 달란다.

급히 한 점을 포장해 그 동네 이장님 댁으로 택배를 보냈다.

고향 냄새 풀풀 날리는 시골 마을의 멋진 한옥에서 사이좋은 내외가

마음 맞춰 손 맞춰 내 작품으로 어느 벽면인가를 장식하고 있다고

생각하니 그 풍경의 온기가 전해져 오는 듯했다.

작품을 통해 같은 시간대를 살아가는 많은 사람들의 일상에,

그리고 때로는 아주 특별한 순간에 함께일 수 있다는 것은

진정 축복이다. •

• 아직도 내 안에는 덜 자란 아이가 있다
표면적으론 중반의 나이를 넘기고 있는데도
늘 칭찬받는 걸 좋아한다
그래서 더욱 작업에 몰두하는지도 모르겠다
작품을 만들어 놓고 잘했다는
칭찬을 기대하는 아이처럼 작품 앞에서는
항상 두근두근 가슴 뛴다 •

• 인사동에는 연예인들도 많이 온다.

우리 가게에서 만난 무명 탤런트가 유명해지면 괜히 기분이 좋아

응원하게 된다. 성공하는 사람은 무명일 때부터도 무언가 다르다는 걸 느낀다.

지적인 분위기와 겸손은 내면에서 나오는 것이라 그런가 보다.

아무래도 작품 판매를 놓고 오가는 대화에서 상대를 조금은

알 수 있기도 하고…….

그래도 연예인은 공인으로서 품위를 지키는 것이 더 아름다워 보인다.

바로 그런 남자 연예인이 있었다.

우리 가게를 방문한 뒤로 작품에 관심을 갖더니

나에게 레슨을 해달라고 했다. 바쁜 탓도 있지만 작업실도 협소하고

창피한 생각도 들어 거절했다.

부숭부숭한 성격의 그는 기분 상해하기는커녕 작품도 여러 점 구입해 가고

자신의 인터뷰 장소로 추천도 하면서 한때 자주 들렀다.

다재다능하며 예술에 관심이 많아 요즘엔 사진작가로 작품 전시도 하면서

행복을 만들어 가며 사는 것 같아 좋아 보인다.

지금도 드라마에서 보면 그때의 기억으로 반가운 미소가 퍼진다. •

● 액자를 잘 만드는 남자가 있다. 처음 그를 보는 사람은

그가 무슨 애기를 하는지 알아채기 어려울 수도 있다.

그러나 그만의 독특한 농담을 나는 쉬이 알아들을 수 있다.

오랫동안 같이 일하면서 터득한 노하우다.

개그 본능이 있어서인지 남들이 못 알아들어도

끊임없이 혼자만의 개그를 하며 즐거워하는 그는

매일매일 액자 생각만 하며 사는 장인이다.

나는 그림을 틀 속에 가두는 고정관념을 깨고 싶어서

처음엔 틀 속에 넣지 않고 동선을 이용해 걸 수 있도록 작업했었다.

하지만 액자를 원하는 사람들이 많아지면서 어쩔 수 없이

생각을 바꿀 수밖에 없었고, 개그 본능의 그 남자가 액자 담당이 되었다.

내가 그림을 열심히 그려 모아 주면 기발한 모양으로 신나게 만들어 온다.

내가 환호라도 하면 하늘을 찌르는 의욕으로

벌써 다음 액자의 디자인이 나온다.

나도 특이한 그림과 작품을 많이 했지만, 그는 만들어 오는 것들마다

남들이 하기 어려운 L자형 액자, 삼각형 액자, 원형 액자에

표면에 조각도 하며, 독특한 작업을 정말 많이도 한다.

그 많은 작품들이 누구의 손에 이끌려 어디로 갔는지 보고 싶다.

지금은 공방의 규모도 커져 운영하기도 쉽지 않을 텐데

장인 근성을 저버리지 않고 해마다 액자 전시회를 열며

의욕적으로 사는 그의 모습이 보기 좋다.

사심 없는 열정은 정말 많은 것을 가능하게 하는 것 같다. ●

• 만년 청년 같은 모습의 그분이 오늘도 건강한 웃음으로
사람들을 반긴다. 속은 여린 감성의 소유자인데

겉으로 쏟아 내는 말에는 자주 욕이 섞인다.

부드러운 인상의 외모와는 참 맞아 떨어지지 않는다.

그런데도 평소에 욕을 들어보지 못한 사람들은 그 욕을 듣고서

까르르 웃으며 즐거워한다.

아마도 그건 욕이 아니라, 그분의 정감 어린 언어일 뿐이란 걸

알기 때문일 것이다. 누구를 봐도 반갑게 맞이하며

인사를 건네는데 그 뒤에는 어김없이 욕이 매달린다.

하지만 대화를 나눌 때면 진실로 상대를 격려하고 탄력 넘치는 목소리로

잘될 거라고 자신감을 북돋아 주며 희망을 준다.

절망에 빠진 많은 사람들이 그분에게 힘을 얻고

다시 일어나 성공하기도 한다.

좌절을 극복하고 웃으며 찾아오는 사람들을 보고 아이처럼 기뻐하며

좋아하는 그분의 독특한 삶은 아무도 못 말린다.

창경궁 돌담길을 끼고 돌면 만나게 되는

'나무요일'이라고 이름 지어진 카페에서 늘 행복한 얼굴로

웃고 있는 일상이 그분의 건강 비결인 듯도 하다. •

• 6개월에 한 번 정도 한국에 오는
캐나다에 사는 부부가 있다.

한국에 올 때마다 우리 가게에 들러서 작품을 구입해 간다.

오랫동안 열심히 일해 지금은 어느 정도 자리를 잡아 꽤 큰 집도 갖고

있는 듯하다. 우리 가게에서 가져간 작품들을 한쪽 공간에 진열해

꾸며 놓고 한국이 그리울 때면 그곳에서 차를 마시며 위로를

받는단다.

그 나라 사람들의 색채는 지나치게 강렬해서 정서에 맞지

않고, 내 작품의 색채가 그분들의 취향에 맞는다고 한다.

그리운 고향 냄새가 난다고⋯⋯.

잊지 않고 찾아와 주는 것만도 감사한데, 과한

칭찬까지 받을 때면 몸 둘 바를 몰라 그분들에

대한 응대까지도 살짝 어색해지곤 한다.

적당한 칭찬은 격려가 되어 새로운 열정을

불태우게 하지만, 너무 과하면 민망해

어디론가 숨어 버리고 싶어지게 하기

때문이다. 언제쯤이면 과함도 품는

넉넉한 마음 그릇을 가질 수

있을까. •

• 가게 문을 닫을 시간이 되어 가는데 세련된 옷차림의
초로의 신사가 작품을 보고 있다. 주위 깊게 보더니 대뜸

한쪽 벽면에 진열된 작품을 전부 다 구입하겠다고 한다.

장난을 치나 하는 생각에 의아한 표정을 짓는 나에게
진지한 말투로 포장해 달란다.

"아니, 이걸 다 갖다 무엇 하시려고요?"

"가족들에게 선물하려고 합니다."

믿기진 않지만 포장하기 시작했다. 한참을 기다린 그 사람은
수표로 계산을 하고 콜택시를 불러 타고 떠났다.

머리를 한 대 얻어맞은 듯 멍하기도 하고
허무한 마음까지 들어 터벅터벅 집으로 돌아왔다.

잠까지 설치고 출근한 다음 날, 텅 빈 한쪽 벽면을 바라보면서
'세상에 이런 일도 있구나' 하는 마음이 들었다.

그날 일은 아직도 실감이 나질 않는다.

정신을 가다듬고 부지런히 손을 움직여 또 작품을 만들어 걸었다.

시간이 얼마나 흘렀을까……. 벽면이 다 채워질 무렵

그 신사가 또 등장했다. 오늘도 역시 한쪽 벽면의 것을 다 달라는 것이다.

지난번 선물한 것이 가족들에게 아주 반응이 좋았었다며…….

나는 또 포장을 했다. 물론 처음보다는 덜 당황해하면서.

그 후로도 몇 차례 장신구를 비롯해 여러 가지 소소한 것들을

선물용으로 구입해 가시곤 한다. 어르신이고 말수가 아주 적은 분이다 보니

나도 조심스러워 많은 말을 건네지는 못했다.

어느 날, 그분이 구입해 간 장신구를 선물 받은 한 여자 분이

가게 문을 두드렸다.

면식은 없었지만, 이웃에 있는 한정식 집 주인이라며

나의 특별한 단골에 대한 이야기를 들려주었다.

그분은 모 회사 회장님으로, 그 한정식 집의 오랜 단골이었단다.

남자에게 선물 따위를 받을 나이를 훌쩍 넘긴 자신에게도

가끔 예쁘게 포장된 상자를 건넬 정도로 마음이 넓은 분이었는데

지병으로 돌아가셨다고……,

살아생전 언젠가 젊은 작가를 키워 주고 싶다는 말을 들은 적이 있다고……

한동안 말을 잃은 나에게 그 여자분은 '열심히 살아요' 하며

등을 다독여 주었다.

노 신사와 좀 더 대화를 나눠 볼걸…….

엷은 미소 뒤에서 어쩐지 늘 슬픔이 묻어 나왔었다.

남아 있는 시간이 그리 많지 않다는 걸 알고 있었으리라.

짧은 만남이었지만, 말없이 누군가를 돕고자 하는 마음이 더없이

멋지고 짠하게 내 가슴속에 남아 있다.

그분을 본받아 살고 싶은 게 나의 꿈이며 작게나마 누군가를 돕는 것이

그분께 보답이 된다면 나에겐 더할 나위 없이 감사할 일이다. •

2009년 3월 16일 아침 7시.

가게 전면에 다닥다닥 붙어 있던 나의 분신인 작품들이

내 살처럼 아프게 하나씩 뜯어지면서 건물이 골격을 드러내고 있다.

분리된 작품들과 내려진 간판이 대기하고 있던 용달차에 실려

아무런 망설임도 없이 내 곁을 떠났다.

이 공간은 나의 인생이며 삶이고 꿈이었는데……

여러 번의 경기 침체로 휘청일 때에도 잘 견디어 왔었는데,

이번에 찾아온 이 위기를 극복하기에는 나로서는 역부족이었다.

몇 년 전부터 경기가 서서히 안 좋아지면서 은행 대출로 늘어난 이자와

가게 월세의 중압감도 괴로웠지만, 전혀 회복될 기미가 보이지 않는

상황 때문에 무기력해진 내가 버티어 낼 자신을 잃은 것이

더 큰 문제였다.

어떤 아이디어도 떠오르지 않아 작품을 만들어 낼 수도 없었다.

게다가 가게를 지켜 주던 언니조차 시댁 어른들의 병치레로

출근할 수 없게 되면서 하루하루가 고통의 연속이었다.

그 무렵 방송에서는 누군가 경제적인 문제로 자살했다는 뉴스가

어느 때보다도 많이 나오고 있었다.

그런 보도가 남의 일로만 여겨지지 않고 백번 공감이 되면서

'오죽했으면 그랬을까' 하며 밤잠을 설치기까지 했다.

가뜩이나 마른 체격의 나는 체중이 39킬로그램까지 쑥쑥 내려갔다.

몇 개월 고심한 끝에 가게 문을 닫기로 결론을 내렸다.

'소나기를 잠깐 피해 가는 것이라고 생각하자'라고

나를 자꾸 위로해 보지만, 자존심 하나 내세우며 살아온 나는

가게를 더 이상 꾸려 나갈 수 없어 그만두는 것을

주위 사람들에게 들키기라도 할까 봐 쉬쉬하며

애지중지하던 '제3공간'의 문을 닫았다.

아이러니하게도 무언가를 송두리째 빼앗긴 듯한 아쉬움과 함께

쥐고 있던 욕심을 내려놓은 듯 시원하기도 했다.

언제나 그렇듯이 잃은 것이 있다면 반드시 얻게 되는 것도 있다.

앞만 보고 달려오던 내가 잠깐 쉬면서 나를 돌아볼 수 있는 시간을

얻게 되었고, 그곳에서 만들어진 인연들이 얼마나 귀한 것인지

알게 되면서 나를 지탱해 주던 귀한 사람들에게 진실로

감사한 마음을 갖게 되었다.

누구나 가질 수 없는 그런 아름다운 추억을 가질 수 있었던

것만으로도 나에게는 큰 축복이었다.

작품을 통해 소통할 수 있었던 즐거운 만남의 표정들을

가끔씩 꺼내 보며 웃을 수 있으니 앞으로도 계속 행복할 것이다.

시야를 넓게 가질 수 있는 자유함도 얻었으니

좀 더 큰 작품에도 도전해 볼 생각으로 마음이 설렌다.